LÉON TYSSANDIER

FIGURES

PARISIENNES

PRÉFACE

PAR

ARSÈNE HOUSSAYE

PARIS

PAUL OLLENDORFF, ÉDITEUR

28 *bis*, RUE DE RICHELIEU

1887

FIGURES PARISIENNES

IL A ÉTÉ TIRÉ DE CET OUVRAGE

1,000 exemplaires sur papier de Hollande.
50 exemplaires numérotés à la presse sur papier
impérial du Japon.

ÉVREUX, IMPRIMERIE DE CH. HÉRISSEY.

LÉON TYSSANDIER

FIGURES
PARISIENNES

PRÉFACE

PAR

ARSÈNE HOUSSAYE

PARIS
PAUL OLLENDORFF, ÉDITEUR

28 *bis*, RUE DE RICHELIEU

—

1887

A LA MÉMOIRE

DE

JULES JANIN

A Monsieur A. TARDIVEAU

Directeur du *Courrier de l'Eure.*

Vous souvient-il, cher ami, du temps où, allant à l'école, je passais, sac au dos, devant les bureaux du Courrier de l'Eure ?

Je me disais en ce temps-là : « Moi aussi, je voudrais bien être un écrivain ! »

Plus tard, vous avez accueilli mes premiers essais. Avec l'autorité d'un ancien universitaire et d'un journaliste, vous avez été mon premier maître ès lettres.

Laissez-moi vous en remercier ici de tout mon cœur.

LÉON *TYSSANDIER.*

PRÉFACE

I

M. Léon Tyssandier est un esprit bien
doué, qui ne débute pas comme tant de
jeunes littérateurs par une critique à fond
de train sur les maîtres des écoles contemporaines. Savoir admirer est une vertu
de plus en plus rare qui élève les enthousiastes au-dessus des haineux ne sachant
voir que les infiniment petits.

On ne réforme pas les œuvres de l'esprit
humain. Si un homme n'a rien pour lui,
n'en parlez pas ; s'il a du génie et des dif-
formités, contentez-vous de le mettre en

face du Beau dans l'éternelle et féconde
nature, dans les musées de la poésie et de
l'art. Du reste, le métier de critique n'a
jamais prouvé que le génie des autres. J'ai
dit autrefois : « Les poètes sont vengés des
critiques dès que les critiques se font
poètes ». Qu'est-il resté des lamentations
de Gustave Planche et de Sainte-Beuve
contre les livres de Hugo et de Balzac ? Il
est resté les chefs-d'œuvre de Balzac et
de Hugo. Sans la critique, Gustave Planche
devenait un historien de haute marque, et
Sainte-Beuve le quatrième ou le cinquième
poète du siècle.

Débuter par la critique n'est pas mal
faire, puisque c'est se mettre en garde
contre beaucoup de folies juvéniles ; mais
s'y attarder, c'est une œuvre impie contre
les autres et contre soi-même. Aussi je suis
sûr que le second livre de M. Léon Tyssandier sera un roman ou une grande page
d'histoire.

II

On m'annonça un matin *M. Léon Tys-sandier, ami de Jules Janin.* J'ai trop aimé Jules Janin pour ne pas être toujours sympathique à ses amis. Je croyais voir entrer un homme mûr, sinon un homme en cheveux blancs : je vis apparaître un jeune bachelier, à peine échappé de l'école des lettres pour entrer à l'École de droit.

— L'ami de Jules Janin, monsieur ?

— Oui, monsieur ; ami posthume, non seulement par mon admiration pour lui, mais parce que je dois beaucoup à Jules Janin. Il a créé par son testament une bourse au lycée d'Evreux, non loin du Campo-Santo où il est enterré ; cette bourse m'est échue et me voilà tout fier de faire ma visite aux anciens amis de Jules Janin.

On causa. Je vis bien vite qu'il y avait

là, devant moi, un homme de lettres en herbe, sachant l'antiquité, mais ayant soif de la vie parisienne. On déjeuna gaîment, tout au souvenir de Jules Janin. Léon Tyssandier ne le connaissait que de loin, dans les vagues souvenirs de son enfance : il le connut bien à la fin du déjeuner ; il l'aima plus encore, et il me dit cette parole qui me toucha : « Je veux faire un livre, rien que pour le dédier à Jules Janin ».

Ah ! Jules Janin ! On n'a pas retrouvé ce grand esprit critique dans un flux d'enthousiasme. Comme les roses remontantes, on avait beau couper ses bouquets, il y en avait toujours. Qui nous rendra le Jules Janin du lundi et le Jules Janin de tous les jours de la semaine ? Qui donc s'épanouira dans sa verve endiablée, toujours éveillée, toujours railleuse, toujours française ? Caraguel l'a bien fait regretter comme lundiste, J.-J. Weiss l'a rappelé en plus d'un point lumineux, Jules Lemaître

tient aujourd'hui sa place haut la plume ;
mais autre temps, autre critique. Per-
mettrait-on aujourd'hui à Jules Janin ces
grands jours de haute fantaisie, ces bonnes
fortunes d'expression, ces miracles de
style dans la jonglerie japonaise ? Il faut
être Jules Janin pour oser écrire comme
Jules Janin.

Il y a un livre à faire sur cette figure
charmante, sur ce bon enfant pétri de malice, sur cet ignorant qui savait tout, même
la couleur du homard, « ce cardinal de la
mer », même le voyage de l'écrevisse, qui
« marche à reculons ». Mais que de trou-
vailles radieuses qui ne sont pas à la portée de tout le monde, même des plus savants navigateurs dans les mers inconnues
de l'esprit !

Aujourd'hui que la mode est au naturalisme, c'est-à-dire à la littérature qui n'est
plus de la littérature, à la recherche de la
petite bête dans l'art, à la photographie

inconsciente de toute surface, à la glorifi-
cation des vulgarités, c'est faire un pas
vers la renommée sérieuse que de dédaigner
cette mode où l'on crie déjà : « Vieux ha-
bits, vieux galons ! » Il n'y a d'éternel dans
les lettres que le Grand et le Beau. C'est
par là qu'on arrive au Vrai. L'art n'est
pas l'imitation de la nature, il en est l'in-
terprétation ; c'est ainsi qu'il faut traduire
le mot d'Aristote. Boileau n'a-t-il pas dit
lui-même :

Le vrai peut quelquefois n'être pas vraisemblable.

Shakespeare n'eût pas mieux parlé. Qui
oserait dire que Lamartine, Hugo, Dumas,
Balzac, Musset, les plus grands du siècle,
sont des photographes, ces hommes de génie soulevés par les nuages d'or de l'idéal
ou de la fantaisie ? Les photographes littéraires seront tombés dans le plus noir oubli quand ces radieuses figures éclaireront
plus que jamais le ciel littéraire. Que j'en

ai vu passer de ces faux prophètes qui
s'annonçaient eux-mêmes comme le Mes-
sie, qui dérobaient un rayon par surprise,
mais qui retombaient bientôt dans l'a-
bîme du néant !

Ce n'est pas ainsi que s'annonce ce jeune
esprit qui commence son œuvre par un
salut aux Athéniens de Paris. Son livre
renferme la première série des figures qu'il
se propose d'étudier.

Xavier Aubryet, ce pénétrant artiste, ce
dilettante du style, s'était promis de réformer par des « jugements nouveaux » l'opinion qui a souvent tort. Par malheur, la
mort lui a glacé la main au premier volume.
Il ne faut pas que M. Léon Tyssandier s'arrête en chemin. Je ne sais de lui que ses
causeries spirituelles et savantes; je n'ai
pas lu son livre, mais je suis sûr que ce
sera un livre.

Quand on a de la verve et qu'on vient de
traverser le jardin des racines grecques et

latines, quand on a été en intime familiarité avec Socrate et ses disciples, avec Virgile et ses amis, quand on a écouté la parole d'or des morts illustres, on est digne
de juger les vivants, surtout quand on est
doué du sentiment de l'idéal et qu'on a
l'horreur des bas-fonds du réalisme.

III

Une dernière fois, je veux dire ce que je
pense de cette question qui ne vaut pas la
peine d'enfiévrer les esprits.

La dispute des idéalistes et des réalistes
n'est pas nouvelle. Je ne ferai à ces derniers qu'une objection : « Si vous ne me
présentez que ce qui est, sans y mettre les
rayonnements de l'art et les reflets de l'infini, comme Rembrandt, ce grand amoureux de la Vérité et non du Réel, pourquoi

voulez-vous que je vous lise ? Tout est un
spectacle, sans doute ; mais j'aime mieux
voir ce spectacle sur le théâtre de la vie
que dans vos ouvrages. Qui m'assure qu'à
votre insu, vous n'avez point altéré les traits
de vos modèles ? Je ne me sens aucune
inclination à devenir amoureux sur la foi
d'une photographie. Vous aurez beau m'af-
firmer que la lumière et l'ombre ont joué
d'elles-mêmes, que votre héroïne s'est fixée
comme dans un miroir, je vous croirai et
j'admirerai volontiers votre adresse ; mais
si, par aventure, votre beauté est belle, je
vous demanderai à voir la femme. »

En face d'un point de vue si limité, je
crois que je préfère l'exagération contraire.
Des philosophes ont prétendu que l'homme
seul existait, que la nature n'était qu'un
rêve et une illusion. Sans aller jusque-là
on peut bien soutenir que chacun de nous
décompose le monde extérieur avec l'ensemble de ses facultés et de ses sentiments.

Pour le chasseur, l'oiseau est une proie ; pour le savant, c'est un squelette ; pour le laboureur, c'est un ennemi qui mange le grain ; pour le poète, c'est un chanteur ailé ; pour l'amoureux, c'est un souvenir harmonieux. Le paysage chante avec le paysagiste. Tous les tableaux visibles sont des semences d'idées qui mûrissent dans la tête ou dans le cœur de l'homme. Décrire pour décrire, à quoi bon ? Les images ne sont pas des ressemblances ; elles ont passé par la lanterne magique de notre souvenir ; elles se sont transformées au contact de nos sentiments les plus intimes. La campagne que je vois seul n'est plus celle que je vois à deux. Le coucher de soleil que je contemple avec un rayon d'espérance dans l'âme ne ressemble point à celui que je considère un jour de désenchantement. Dans le premier cas, ce soleil me dit : Au revoir ! Dans le second, il me dit : Adieu ! Où trouver en tout cela rien de réel ? Ma fantaisie n'est-

elle pas à plus juste droit une vérité ? Elle
s'enivre de la nature, mais sans l'intention
brutale de la calquer.

La nature est bien la source où se régé-
nère la poésie aux époques de doute et de
découragement ; c'est là que cette sublime
malade doit aller prendre les eaux, mais
comme la muse de Jean-Jacques et de
George Sand. Une scène des Alpes ou du
Berry, peinte par Jean-Jacques ou George
Sand, me touche, sans que j'aie les moyens
de constater à quel point la réalité s'y
trouve : c'est que, derrière la profondeur
des lignes de verdure et l'élévation des
montagnes, je sens la profondeur et l'élévation plus solennelles encore d'une grande
âme.

Ce que j'ai dit de la nature, je le dirai à
plus forte raison de la société. Rendre avec
exactitude quelques détails vulgaires ne
sera jamais qu'un accessoire dans le tableau de la vie humaine. Si je m'émeus à

la vue d'un intérieur saisi sur le vif, c'est
que j'y respire l'âme de la maison et le
parfum d'un sentiment familial. Les procédés du moulage et du daguerréotype,
appliqués aux arts et aux lettres, ont donc
le tort de rétrécir singulièrement le point
de vue. Un bourgeois, décalqué avec soin
dans ses habitudes domestiques, ses mœurs
et ses occupations familières, est un homme,
ce n'est pas l'homme.

Donc, en face de la vérité, il faut l'art ;
donc, en face du réel, il faut l'idéal. Aujourd'hui, tous les esprits sérieux ont com-
pris que cette alliance intime faisait la force
du poète comme la force du peintre, la
force de l'idée comme la force de la forme.
C'est une grande conquête du xixe siècle
que d'avoir imprégné la littérature du
sentiment de l'art. Pour tout écrivain qui
étudie, il n'y a pas seulement la bibliothèque, il n'y a pas seulement la nature,
il n'y a pas seulement la société, il y a le

musée. Un homme qui sait voir un tableau sait mieux voir le tableau du monde.

Si M. Léon Tyssandier débute en peignant des portraits, c'est qu'il sait voir un tableau.

ARSÈNE HOUSSAYE.

Château de Parisis, 20 juin 1886.

MADAME EDMOND ADAM

MADAME EDMOND ADAM

Il y a eu de tout temps des salons littéraires. En France, après la barbarie du
moyen âge, la reine Anne de Bretagne mit à
la mode le goût des lettres et des arts. Margue-
rite de Valois et la reine Margot continuèrent
cette tradition ; enfin, l'hôtel de Rambouillet
raffina l'esprit français et prépara le grand
siècle. Si Molière s'est moqué des Précieuses
« ridicules » et des savantes prétentieuses,
il n'a jamais voulu atteindre les femmes
intelligentes qui savaient allier l'amour des
lettres aux préoccupations de la famille.
Henriette est-elle plus jolie parce qu'elle est
ignorante ? Quoique la Sévigné fût la première
épistolière de France, les foins se faisaient

tout de même, en batifolant, dans ses prairies. Une estampe du temps nous montre cette femme célèbre avec une plume d'une main et une fourche de l'autre.

Je ne sais pas si, dans sa villa du golfe Juan ou dans sa terre de la vallée de Chevreuse, Mme Adam s'est jamais travestie en faneuse et en bergère. Sans doute, la *Nouvelle Revue* ne lui en laisserait pas le temps. Mais tous ceux qui ont eu l'honneur d'être reçus par elle savent qu'elle est spirituelle sans afféterie, savante sans pédantisme. Ce n'est pas un bas-bleu, c'est une femme du monde. Elle continue avec grandeur toute une série glorieuse : Mme Geoffrin, Mme Necker, Mme Récamier, la princesse Troubetzkoï, la comtesse de Boigne, qui appelaient autour d'elles, dans leurs salons, les hommes d'Etat, les poètes, les artistes, formant ainsi une grande aristocratie où le talent et la naissance étaient confondus. Vingt ans avant la Révolution, Jean-Jacques, l'horloger de Genève, marchait de pair avec un d'Aiguillon ou un Choiseul, parce que les femmes savent mettre chacun à son rang et que, si nous faisons les lois, elles font les mœurs.

Ainsi, quand la société semble se désorganiser ; quand les hommes essaient de semer entre eux les inégalités, les discordes, les femmes d'esprit, en ouvrant leurs portes à ces ennemis, rendent la lutte plus courtoise, répriment les ambitions et pacifient les colères. L'éclectisme d'un salon vaut mieux, pour la sécurité d'un Etat, que les groupes exclusifs des partis. En apprenant à se connaître, on apprend souvent à s'aimer.

Telle a été l'œuvre pacificatrice de Mme Adam. Les rois, les ambassadeurs étrangers ont coudoyé dans son salon, depuis quinze ans, tous les hommes d'Etat français. En 1871, après les désastres de la guerre et les convulsions de la Commune, M. Thiers disait d'elle : « C'est l'arc-en-ciel des révolutions. Dieu l'a envoyée à la jeune République en lui annonçant qu'il n'y aurait plus de dé- ˨ ˸ ». De bonne heure, en effet, Mme Adam prit dans la société nouvelle une place à part. Femme du préfet de police, elle recevait le monde officiel. La politique intérieure l'occupait peu, mais les relations étrangères, si difficiles à renouer, avaient toute sa sollicitude. Interrogée par des diplomates, comme Egérie par Numa, elle sut trouver dans son patriotisme et dans sa double vue les plus heureuses inspirations. A toutes les époques difficiles de notre histoire, n'a-t-on pas vu une femme au gouvernail ? Parfois malfaisante, l'influence des femmes est souvent providentielle. Jeanne d'Arc a payé la dette d'Isabeau de Bavière, Mme Roland celle de la Pompadour.

En littérature, Mme Adam a illustré le nom de Juliette Lamber, car elle ne se contente pas d'avoir l'esprit de conversation ; elle a écrit des livres où se révèlent ses brillantes facultés de poète, de philosophe et de romancier. Les authoresses, comme disent nos voisins les Anglais, sont souvent de charmantes conteuses qui ont plus d'imagination que d'entendement. Or, ce qui distingue Juliette Lamber, c'est la « pensée ». Elle se préoccupe plus des idées que des faits. Peu lui importent les péripéties du roman moderne, les petites intrigues, les détails mesquins, les dialogues bavards. Ses personnages sont héroïques et ses conceptions grandioses. *Grecque, Païenne* sont des filles d'Homère qui ont la taille des déesses et qui contemplent l'humanité du haut de leurs rêves olympiens.

Victor Hugo comprenait Juliette Lamber et il l'appelait sa *fille d'alliance*. Aucune femme n'a peut-être eu tant de rayonnement. Mme de Staël, qui était un homme par le génie, n'avait pas les séductions de la femme ; George Sand mettait tout son esprit dans ses livres. Mais Juliette Lamber, avec son attrait personnel, sa grâce exquise, son charme ondoyant, a connu les triomphes du monde comme les triomphes de l'art.

Aujourd'hui, Mme Adam dirige la *Nouvelle Revue*. Entourée d'écrivains d'élite, elle ne ferme pas sa porte aux jeunes, qui sont l'espoir de la France. On se souvient des encouragements qu'elle donna à Jean Aicard et à Déroulède. Elle a acclimaté aussi chez nous des poètes étrangers, entre autres Carmen Sylva, cette femme trois fois reine, qui porte sur son front la couronne de Roumanie et tient dans ses mains la lyre de Tyrtée.

Par son mariage, Mme Adam est notre compatriote. Edmond Adam était originaire de notre département ; il naquit au Bec-Hellouin, à l'ombre de cette antique abbaye d'où est sortie, au XIe siècle, la philosophie française.

ARSÈNE HOUSSAYE

ARSÈNE HOUSSAYE

M. Arsène Houssaye a publié naguère ses *Confessions*, sans doute parce qu'il avait beaucoup péché. Saint Augustin et Jean-Jacques Rousseau lui montraient l'exemple. Mais, si intéressante que soit la vie d'un écrivain, elle ne suffirait peut-être pas à passionner le public. L'homme qui écrit ses Mémoires doit se faire le Froissart de son époque. De pénitent, le voilà passé confesseur, pour livrer à l'histoire les secrets du monde contemporain*.

---

* Naturellement, quand M. Arsène Houssaye a écrit la préface de mon livre, il ne savait pas que cette étude paraîtrait dans la première série. Et pourtant, tout sympathique que je sois à ce rare esprit, je n'ai point flatté son portrait.

4

Aussi, tout en se mettant en scène, M. Arsène Houssaye se préoccupe-t-il beaucoup des personnages de son temps. Comme un maître de maison, il met en valeur tous ses convives, s'effaçant volontiers derrière eux et leur prêtant le charme de son esprit. C'est donc un livre d'histoire que ces *Confessions* en quatre volumes, ces souvenirs d'un demi-siècle qui embrassent la Restauration, la monarchie de Juillet, la République et l'Empire. A la fois écrivain et personnage officiel, il ne raconte que ce qu'il a vu. Mais quel poste d'observation ! Une avant-scène à la Comédie-Française, un fauteuil à l'Académie, — le quarante-et-unième, — un balcon aux Champs-Elysées.

Quoiqu'il ne rougisse pas d'être appelé un homme de lettres, M. Arsène Houssaye n'est donc point un écrivain de métier, un bureaucrate de la pensée. Mais croit-on que les Athéniens, vivant au plein air de l'Agora, ne faisaient pas d'aussi bonne politique que nos députés en Chambre ? Arsène Houssaye s'est mêlé au monde, comme un historien qui se ferait capitaine pour surprendre les secrets de la bataille.

On a dit de lui, comme on avait d'abord dit de Lamartine et de Musset : « C'est un homme de salon, un écrivain amateur », parce qu'on n'apercevait que le côté frivole de sa vie. Et il laissait dire, ce sybarite, par fierté peut-être, préférant à l'odeur de l'encre le parfum des roses thé et des robes décolletées*.

Mais nous allons montrer aujourd'hui un Arsène Houssaye « nouvelle manière », en dégageant de cette existence protéïforme les œuvres et la vie intime de l'écrivain. M. Houssaye est comme ces écoliers qui tiennent à leur réputation d'improvisateurs ; ils se reposent le jour, mais ils travaillent la nuit, et ils achètent laborieusement les palmes qui semblent venir se poser d'elles-mêmes sur leur front.

* Du reste, il n'y a point d'amateurs, puisque au fond il n'y a point de métier littéraire. On n'est homme de lettres que si on marque sa personnalité. S'il y avait la pléiade des amateurs, il faudrait y mettre Rabelais, Montaigne, Montesquieu, le duc de Saint-Simon, Chateaubriand, Benjamin Constant, Lamartine lui-même. Il y a sur ce sujet un excellentissime chapitre de Henry Houssaye, dans son beau livre *Les Hommes et les Idées*.

Victor Hugo et Arsène Houssaye se tenaient par la main; ils avaient combattu ensemble dans l'armée du romantisme. Hélas! aujourd'hui cette chaîne de l'amitié est brisée : Arsène Houssaye est presque le seul survivant de la grande époque.

Si Hugo fut un aigle réfugié dans les burgs démantelés, Arsène Houssaye est un oiseau chanteur, poète comme le rossignol, persifleur comme le merle, s'abritant tour à tour dans les marronniers des Champs-Elysées et dans les bosquets agrestes. Car c'est là le double courant de son esprit : il a chanté les prés et les bois comme Virgile ; il a raconté le monde comme Brantôme, un Brantôme corrigé et augmenté par Saint-Simon. De l'Arc-de-Triomphe à l'Obélisque, il a vu défiler tout Paris, les grandes et les demi-mondaines laissant passer à travers leur voile le secret de leurs amours. Dans ses vallons champenois, il s'est associé à toutes les harmonies de la nature: il a frémi avec la feuille, il a sangloté avec le flot; il a écrit, loin des foules, dans le grand silence panthéiste, la

poésie de son cœur et le roman de ses rêves.
Les historiographes de l'avenir devront dé-
composer cette double nature, dont la synthèse a donné des œuvres toujours captivantes,
parfois épiques, que l'auteur a vécues avant
de les écrire. Si nous prenons, en effet, ses
histoires du monde, il n'y en a pas une que
le caprice ait forgée à plaisir. L'imagination
d'Arsène Houssaye est comme l'orfèvre qui
polit les diamants et qui les enchâsse ; ceux
qui font leurs brillants de toutes pièces sont
des bijoutiers en faux. On fabrique du verr
mais non des pierres précieuses.

Arsène Houssaye est le premier historien
des femmes parce que sa vie, tantôt rustique,
tantôt mondaine, s'est trop passée dans
l'éternel féminin, — le meilleur des mondes
et le plus mauvais. — Balzac, un bourgeois
homérique, qui a écrit l'épopée bourgeoise,
n'a jamais bien connu la haute société dans
laquelle sa fantaisie s'égarait quelquefois :
c'est parce qu'il regardait par les fenêtres.
Ce qui se disait derrière l'éventail, dans les
profondeurs de la serre ou sous l'éclat des

lustres, il ne l'entendait pas. Arsène Houssaye,
descendant du marquis de Trychâteau, bohème
comme ses amis du romantisme et dandy
comme Musset, — sans avoir comme lui les
préjugés de la naissance, — triomphant dans
sa barbe blonde, était un des acteurs de cette
ample comédie mondaine dont il a écrit, pour
les dédier à l'histoire, les « cent actes divers ». Il
passait, avec une duchesse au bras, dans un
groupe étincelant de femmes, vivant ses passions romanesques, se consolant de l'amour
d'hier par celui de demain, spirituel comme
Rivarol, conquérant comme le duc de Richelieu, poète comme Bernis avec l'accent des
mélancolies modernes. Combien de sonnets
éclos parmi les fleurs du bal et chantés sur la
poitrine des déesses ! Combien de pages amou-
reuses écrites au retour, dans l'enfièvrement
du souvenir ! Arsène Houssaye n'a point
tramé ses romans en chambre : il les a vécus,
— ils vivront.

A le voir franchir, du pas d'Achille, le
seuil de son hôtel et descendre l'avenue des
Champs-Elysées, on ne reconnaîtrait pas

Nestor à la parole ailée. Il est encore dans la lutte comme un héros et non comme un sage. Qui donc prétend que c'est un combattant de 1830, qu'il a vécu avec Gautier, Gérard de Nerval, tous les bohémiens de la bohème, dans un coin effacé du vieux Paris ? Quel bibliophile ignorant vient nous dire : « Il y a un demi-siècle qu'Arsène Houssaye mettait sur son front la *Couronne de bleuets* » ? C'est lui-même. Mais il se vieillit, sans doute parce qu'il se sait jeune, comme les petites filles qui voudraient avoir seize ans. Il a tracé ainsi sa biographie dans une lettre qu'il m'écrivait hier :

« Je suis né en 1800, je suis mort en 1900. »

Ces dates sont fausses ; les poètes n'ont pas la mémoire des chiffres. Nous demandons que les neveux de ses neveux gravent sur sa tombe, au milieu des roses :

CI-GIT
ARSÈNE HOUSSAYE
mort à vingt ans.

Amet in pace !

La province où s'abrite aujourd'hui le tombeau d'Alexandre Dumas a vu le berceau d'Arsène Houssaye.

Les burgraves du romantisme avaient méconnu le doux poète dont Sainte-Beuve a plus tard recueilli les larmes. Quand le jeune Arsène Houssaye fut présenté à Victor Hugo, déjà sacré, dans l'appartement-cénacle de la place Royale, Théophile Gautier dit à celui qu'il appelait son maître :

— C'est mon ami, l'illustre inconnu Arsène Houssaye. Il est du pays de Jean Racine, mais il ne faut pas lui en vouloir.

Victor Hugo abaissa son regard olympien :

— Quel grand poète eût été ce Racine, dit-il, s'il n'avait pas fait de tragédies !

— Vous me pardonnerez au moins ma champenoiserie en faveur de La Fontaine ? demanda le néophyte.

— Oui, pour ses contes, répondit Hugo. Car, dans ses fables, c'est un Sancho Pança à cheval sur M. de La Palisse.

Telle est l'injustice des révolutions. Mais si l'on absout les hommes de 92 parce qu'ils ont sauvé la France contre l'étranger, pardonnons à Hugo ses hérésies d'antan, en faveur d'*Hernani* et des *Orientales*.

Arsène Houssaye, directeur du Théâtre-Français, a vengé Racine en faisant souvent à ses tragédies les honneurs de l'affiche. La Fontaine s'est vengé, lorsque Hugo fatigué d'être éloquent et voulant badiner, dans ses *Lettres des bords du Rhin*, ne trouva pas l'esprit champenois de La Fontaine.

Fils d'un riche *gentleman-farmer*, Arsène Houssaye vint à Paris aussi pauvre qu'un bohème. Il avait fui la maison paternelle à dix-sept ans, dans sa haine de la toge prétorienne, voulant chercher la vérité au fond du cœur humain et non sous la poussière des dossiers criminels. Il fit la guerre en Flandre jusqu'à la prise d'Anvers; à la paix, il redevint simple poète courant les hasards.

Arsène Houssaye, qui devait écrire plus tard *Béranger à l'Académie*, cette chanson tant chantée que l'on attribue souvent à Béranger lui-même, débuta dans les lettres en composant des « Chansons à la manière de

M. de Béranger ». Mais il n'avait pas encore
gagné des millions à la Bourse ; son père lui
coupait les vivres, espérant hâter le retour
de l'enfant prodigue. Grâce à sa bonne mine,
il put emprunter mille francs à un notaire
chevaleresque, comme il s'en trouve parfois
pour subventionner le roman et le drame,
avec les fonds de leurs clients. Mille francs,
c'est un déjeuner de soleil quand on a un
ami, une amie : tout le luxe du cœur ! Un
matin, Arsène ne trouva plus au fond de sa
poche qu'une pièce de cent sous, la dernière
bouchée de pain. Il contemplait mélancoliquement ce disque argenté, pâle comme la
lune sur un tombeau ; mais soudain, en regardant la face :

— Quelle belle effigie ! dit-il joyeusement à
son compagnon Paul Van del Hell, fils de
l'helléniste.

C'était Bonaparte, premier consul.

— Je la garde, dit-il, ne songeant déjà
plus au déjeuner.

— Décidément, lui dit Van del Hell, tu es
né artiste.

Il y a, en effet, des poètes artistes et des poètes *subjectifs*. Les uns, disait Saint-Victor, écrivent avec le pinceau du Titien, les autres avec une plume d'archange. Ceux-ci s'appellent Lamartine, Alfred de Musset ; ceux-là, Théophile Gautier, Victor Hugo : les premiers, analystes d'eux-mêmes, n'aimant dans le décor créé par Dieu que la solitude et la fraîcheur, qui sont des états de la nature comme le sentiment est un état de l'âme ; les seconds, recevant les images des choses, admirant les formes, recherchant la sonorité des mots et des rimes, édifiant une mise en scène d'opéra autour de l'homme qui pense ou qui aime. M. Arsène Houssaye est de cette grande école coloriste. Chacun de ses sonnets et de ses poèmes est un tableau resplendissant qui prend les yeux en prenant le cœur.

On peut être artiste dans son œuvre sans l'être dans sa vie, par une contradiction humaine. Mais la vie d'Arsène Houssaye, quelle féerie en cent tableaux ! Il est encore le marquis de Trychâteau ; en ce moment, il se cache au manoir de Parisis, une de ses trois

résidences d'été. Parisis ! vous retrouvez le
souvenir d'Octave, le donjuanesque héros des
Grandes Dames. A Paris, Arsène Houssaye a
fui l'hôtel mauresque et l'hôtel Renaissance
de l'avenue Friedland pour se retirer, loin des
fêtes vénitiennes, dans un pavillon des Champs-
Élysées. Des merveilles d'art emplissent sa
longue galerie tapissée de rouge comme une
chambre ardente. Au-dessus des lambris,
court toute une lignée de blasons illustres.
Les grandes écoles de la peinture y ont aussi
leurs écussons ; ce sont des toiles de maîtres :
romains, vénitiens, flamands, français du
XVIIIe et du XIXe siècle ; depuis les préraphaé-
lites jusqu'à Diaz, Delacroix et Corot. Puis des
vitrines, des étagères, de petits meubles sup-
portant des bustes de Coysevox ou de Cous-
tou. Mais les bibliothèques remplies d'incu-
nables et d'elzévirs sont chez Henry Houssaye.
On y trouve le *Quarante-et-unième fauteuil ;*
l'*Histoire de Léonard de Vinci ;* la *Galerie du
XVIIIe siècle ; Molière, sa femme et sa fille ;
les Destinées de l'âme* : des exemplaires précieux sur soie, sur peau de vélin, sur papier

de Chine, ornés des plus rares eaux-fortes et enluminés comme d'antiques missels. Chez Houssaye, pas un seul livre : c'est sa coquetterie ! Aussi dit-il avec une pointe de fatuité littéraire : « Mettez-moi en loge avec tous mes critiques comme un élève de l'École des beaux-arts; donnez-moi, comme à ces messieurs, un thème à faire, quel que soit le sujet : philosophie, science, histoire, conte, poème ou sonnet. Nous verrons qui remportera le prix sans avoir ouvert un livre. » Eh bien ! oui, c'est Houssaye qui remporterait le prix. Mais la critique a raison de lui reprocher d'avoir éparpillé tant de forces souvent perdues, car il n'y a pas d'homme mieux doué que lui.

Cet original ne se contente pas d'être un poète, un romancier, un historien, un collectionneur, un critique d'art, c'est encore un architecte, un peintre, un musicien. Il a construit des palais pour y loger son caprice, il a groupé sans prétention sur la toile des nymphes bocagères dans des paysages rêvés, il a chanté les mélodies de Lulli et lui a

répondu. Quand il fit représenter *Ulysse*, de
Ponsard, au Théâtre-Français, il sut deviner
le génie de Gounod et le chargea d'écrire
les chœurs : autant de chefs-d'œuvre. C'est
lui aussi qui, en ramenant les esprits vers le
xviiie siècle, fit reprendre à l'Opéra-Comique
Richard Cœur-de-Lion, de Grétry, un oublié !

Comme peintre il eût obtenu de vrais succès, s'il n'avait pas préféré les grandes voies
littéraires. Il y a trois ans je voulus aller, en
curieux, à la vente d'Emile de Girardin ;
Arsène Houssaye me pria d'avoir l'œil sur un
petit paysage signé H..., qui était de lui, et
qu'il avait offert à son ami. « Vous pourrez
mettre dessus une poignée de louis, me dit-il.
J'y tiens assez, quoique cela ne vaille pas de
l'or ; mais un père a de ces faiblesses. »
J'étais donc là, attendant au milieu d'une foule
hétérogène : artistes, brocanteurs, écrivains,
désœuvrés. Quand on fut arrivé à notre tableau : « C'est un Corot », dit l'expert, que
l'H... accusateur n'intimidait pas. Le paysage
d'Arsène Houssaye fut chèrement payé ! Depuis, l'affaire Trouillebert ne m'a pas ému.

J'avais laissé, rue de La Pérouse, ma dernière illusion. Je douterais maintenant de la *Vénus de Milo* elle-même, si la *Vénus de Milo* avait un nom d'auteur.

Quoi ! un homme qui a bâti des palais, qui a dirigé le Théâtre-Français, inspecté les musées de France, traversé toutes les fêtes parisiennes, peint des paysages, chanté des sérénades, fondé des journaux, collectionné des chefs-d'œuvre ; cet homme a trouvé le temps d'écrire cent volumes ! Bagatelles, n'est-ce pas ? Eh bien ! non ; voyez à l'œuvre ce robuste ouvrier de la pensée. Houssaye, drapé dans une ample toge rouge, imposant comme un doge, avec sa taille élancée et sa longue barbe blanchissante, sillonne lentement son cabinet de travail. Fumant des cigarettes, il dicte, et l'un de ses secrétaires, souvent une femme, fait courir la plume sur le papier. Il va ainsi, pendant de longues heures, sans que jamais son inspiration demande grâce. Comme Scudéry et mieux que Scudéry, il pourrait « tous les mois, sans peine, enfanter un volume ». En une après-midi, il a

dicté *Léonie et Léona*, un petit roman dans les
Princesses de la ruine; le lendemain, il dictait
en quelques heures *Mademoiselle Fleur-de-Lys*,
un chef-d'œuvre en vingt-sept pages. Les
Douze Nouvelles nouvelles ont été écrites en
douze nuits, la *Comédienne* en treize jours. Ne
croyez pas au moins qu'il se relise. A quoi
bon? Il retrouvera sa pensée sur les épreuves
et il y donnera un dernier coup de burin.
Mais on peut imprimer et publier sa prose
telle qu'elle s'échappe de ses lèvres : c'est
toujours dans une langue exquise, épurée
sans purisme, la fleur de l'esprit et du sentiment. Pas de collaborations avouées ou ta-
cites ; les collaborateurs seraient une gêne
pour ce talent primesautier. Il dicte, comme
la source s'épanche, sans demander l'aumône
d'une goutte d'eau*.

---

* Un jour pourtant que j'étais au château de Parisis, — la
plus seigneuriale des villégiatures, — Houssaye me dit : « Il
faut que nous fassions une grammaire ensemble; nous la
dédierons à l'Académie. » Mais le matin j'allais courir à
cheval dans les bois de Vorges; l'après-midi je me couchais
à l'orientale sous les ombrages du parc; le soir je jouais aux
petits papiers avec quelques haultes et savantes dames.

Arsène Houssaye venait d'écrire, — nous parlons de bien longtemps, — les *Aurores littéraires*. Jeune, il saluait la gloire des jeunes, préférant aux hommes qui déclinent ceux qui empourprent les horizons de l'avenir des premiers feux de leur talent. Pourquoi alla-t-il le lendemain à l'Abbaye-au-Bois? Il avait rencontré Sainte-Beuve et de Musset rue de Grenelle, devant la fontaine de Bouchardon, et ils l'avaient entraîné pour lui faire contempler, à lui, l'auteur des *Aurores*, le coucher d'un astre. Chateaubriand et Mme Récamier étaient là, drapés dans un solennel ennui, étendus au milieu d'un nuage d'encens comme des Orientaux dans la fumée du narghileh. Le mélancolique René, qui ne lisait rien parce qu'il avait beaucoup écrit, connaissait pourtant les *Aurores littéraires ;* et quand Arsène Houssaye vint le saluer, il lui dit avec amertume : « J'ai lu votre dernier article. Joli titre, joli sujet, pour les hommes

« Décidément, me dit Arsène Houssaye, vous êtes un paresseux. » Depuis, j'ai écrit le chapitre de l'Interjection, et je m'en suis tenu là !

qui arrivent. Mais je suis un homme qui s'en
va, monsieur ! » Le jeune poète, plus heureux
que Jean-Jacques, sut trouver le mot de la
fin avant d'être dans l'escalier ; il répondit :
« Les hommes comme vous, monsieur de
Chateaubriand, ne s'en vont jamais. »

Si Arsène Houssaye, dont la renommée
date de l'ère romantique, venait nous dire
aujourd'hui : « Pourquoi parler de moi puisque je m'en vais ? » nous aurions le droit de
lui répondre : « Arsène Houssaye ne s'en ira
pas ».

JULES SIMON

JULES SIMON

I

« Ce qui me gâte l'histoire, disait Mme du Deffand, c'est de penser que tout ce que je vois aujourd'hui sera de l'histoire demain. »

Jeune, sans ambition déçue, sans intérêt d'école ou de drapeau, nous nous plaçons à un point de vue diamétralement opposé pour juger notre temps. Ce qui nous intéresse dans la chronique, c'est la perspective de l'histoire. En jugeant nos contemporains, — ceux-là surtout qui ont accompli leur œuvre, ceux qui sont sur cette pente de la vieillesse que le philosophe Jouffroy appelait « l'autre côté de la vie », — nous ne perdons pas de vue

que demain, dans un demi-siècle à peine, les
grands hommes d'aujourd'hui seront des
hommes du passé, et qu'il se trouvera un
nouveau Plutarque pour rendre un culte à
ces morts illustres dont la postérité aura fait
des demi-dieux.

Je risque donc aujourd'hui, du vivant même
de quelques hommes d'élite, des *jugements
derniers*, — ce que Chateaubriand eût appelé
des études d'outre-tombe, — où je m'efforce
de n'écouter que la voix d'une critique désin-
téressée et d'un enthousiasme réfléchi.

Un jour, un amateur de tableaux visitait
une galerie particulière.

— Pas mal! pas mal! disait-il, comme à
regret, en regardant une petite toile qui était
tout simplement un chef-d'œuvre.

— Vous pouvez même dire que c'est *bien*,
répondit le maître de la maison : l'auteur est
mort.

Tout est là. On en veut à ses contemporains
de leur supériorité; on éprouve quelque gêne
à se mesurer à leur taille. Les honnêtes lecteurs eux-mêmes ont un goût secret pour le

lénigrement ; ils aiment les iconoclastes qui
prisent les statues, ou les sculpteurs qui met-
ent aux frontons des édifices des gargouilles
grimaçantes.

Je demande pardon au public si j'ai jugé
es vivants comme on juge les morts.

II

Philosophe, orateur, publiciste, homme
l'Etat, M. Jules Simon m'impose non seulement par son talent, mais par sa singulière
lestinée. L'histoire n'aime pas les hommes
heureux ; elle veut qu'à une élévation rapide
uccède une chute profonde. Aristide sans
on exil, Cincinnatus sans sa charrue, Annibal
sans la trahison de Prusias, Scipion l'Africain
sans le tombeau de Liternum, Cicéron sans
a lâcheté d'Octave et l'aiguille de Fulvie n'au-
raient plus cette auréole du malheur qui commande le respect à la postérité.

Il ne faut pas croire que l'envie qui s'acharne
après les favoris de la fortune ou de la gloire

s'arrête aux limites de ce monde. Nous n'aimons pas à entendre des panégyriques, même sur les tombeaux. Ou bien faut-il que les grands morts aient expié leur gloire, qu'ils aient eu une existence semée d'écueils, une vieillesse désolée par la misère ou l'abandon. Alors la postérité se fait vengeresse ; elle ressuscite les oubliés et exalte les méconnus.

Aussi, ce que nous redoutons pour Gambetta, par exemple, devant le tribunal de l'Histoire, c'est sa trop haute et trop constante fortune. Cet homme a eu du bonheur jusque dans la mort : il n'a pas survécu à ses forces physiques, à sa puissance morale ; pendant douze ans, il a été, lui, ce fils du peuple, ce Marius bourgeois, le maître des destinées de la France. Mais l'homme qui, vivant, a été hissé sur un piédestal risque fort d'en descendre au lendemain de ses funérailles.

M. Jules Simon, le rival malheureux de Gambetta, le consul terrassé par un tribun, a connu toutes les traverses de la vie publique. Il avait payé cher, pendant les dix-huit années de l'Empire, le droit d'être un jour membre

du gouvernement de la Défense, président du
conseil des ministres et sénateur inamovible.
Depuis 1839, il combattait, avec toutes les
forces vives de l'intelligence et de l'érudition,
pour la cause de l'émancipation humaine;
dès 1848, il avait fait à l'Assemblée nationale
son apprentissage politique; banni de l'Université en 1852, devenu le commis d'un éditeur, il n'avait cessé de jeter le cri de liberté,
de se faire l'apôtre d'un socialisme rationnel,
de prêcher la grande loi de justice et d'amour.
Philosophe illustre, il descendait du cap
Sunium jusque sur l'Agora : en même temps
qu'il écrivait le *Devoir*, ce livre de haute
morale, il fondait des journaux pour répandre
la vérité dans les ateliers, dans les mansardes,
pour consoler les déshérités en leur montrant
l'aurore du lendemain. Jamais sans doute il
ne déchaîna les haines violentes, les passions
révolutionnaires; mais il parlait aux ouvriers
comme on parle aux ignorants et aux malades. « Instruisez-vous de vos devoirs pour
faire respecter vos droits, leur disait-il. C'est
par l'observation de la loi morale que vous

7

comprendrez la sainteté de votre cause et que vous la ferez triompher. » L'égalité sociale ? une chimère. Aussi, ce qu'il préconisait, c'était l'égalité philosophique, l'inviolabilité de la personne humaine.

Avec un pareil passé, avec une éloquence persuasive, un coup d'œil juste, un sentiment profond, on eût pu croire que M. Jules Simon serait l'homme de son temps, le Périclès qui grouperait autour de lui toutes les forces de la jeune République. Il n'en fut rien. Trahi par la droite, renié par la gauche, M. Jules Simon aura passé sur cette mer houleuse sans pouvoir jeter l'ancre ; il n'aura pu mettre ses facultés admirables au service de son pays. C'est, dira-t-on, un rêveur impuissant, un ambitieux déçu : l'histoire fera justice de cette accusation. M. Francisque Sarcey, dont le témoignage n'est pas suspect, écrivait naguère : « M. Jules Simon est le meilleur et le plus simple des hommes ». Nous voudrions que cette phrase fût gravée un jour sur son tombeau. Ceux qui ont l'honneur d'approcher M. Jules Simon connaissent ses vertus privées, ses qualités d'honnête homme et d'homme de bien. Qu'on ne croie pas que cette bienveillance soit affectée, que cette courtoisie soit factice, que cette bonté soit une lettre à vue tirée sur la reconnaissance publique. Quand il était puissant, n'a-t-il pas fait assez d'ingrats? C'est au pouvoir que l'on peut juger les hommes politiques. Or, M. Jules Simon est peut-être le seul ministre qui ait payé toutes les dettes de l'amitié.

Je suis d'autant plus à l'aise pour louer l'auteur du *Devoir*, que sa vie politique est vraisemblablement terminée et qu'il ne dispose pas aujourd'hui de la moindre souspréfecture, pas même d'un bureau de tabac de troisième classe. Mais il m'a honoré de son amitié, il m'a éclairé de ses conseils quand, au sortir de l'adolescence, la vie se bifurque et qu'on risque de se tromper de chemin; je suis donc heureux de lui rendre un hommage public, surtout sachant qu'il y a à cette franchise quelque danger.

C'est cette aveugle fatalité dont il semble frappé, qui donnera à M. Jules Simon une

figure épique dans la galerie de l'Histoire.
Il est l'Œdipe de son parti ; il en est aussi le
Moïse, car il a entrevu la terre de Chanaan
et il n'y a pas mis le pied. A lui la peine, à
d'autres l'honneur. Mais l'avenir le remettra
à son rang, entre Démosthène et Cicéron,
entre Thémistocle et Brutus.

Quel sort lui a donc été jeté ? Pourquoi le
hasard, qui tire de l'eau tant d'hommes politiques que l'on croyait noyés, n'a-t-il pas per-
mis qu'il se relevât de sa première chute ?
C'est parce qu'il n'a point voulu suivre le parti
d'avant-garde dans toutes ses revendications.
M. Jules Simon est-il donc un rétrograde ?
Non. Mais tandis que les événements mar-
chent, il reste fidèle à lui-même, à son passé,
— à ses illusions, si l'on veut, — sans que
l'appât de la popularité puisse lui arracher
quelque concession. Il ne s'est point enrégi-
menté dans un parti ; il n'a voulu que la vérité
pour programme et la liberté pour drapeau.

Et puis, qu'on ne l'oublie pas : M. Jules
Simon est un philosophe ; c'est un homme de
doctrine, qui entrevoit l'idéal social, comme

l'idéal moral, au-dessus de tous les faits con-
tingents; et peut-être méconnaît-il trop les
restrictions qu'un parti, quel qu'il soit, est
obligé de faire à ses principes pour assurer
la sécurité du lendemain.

III

Mais on ne dira pas que ce fils du peuple
a trahi le peuple, car il aime à parler de sa
modeste origine et de ses pénibles débuts. Son
père, après avoir perdu sa fortune, s'était
retiré au bourg de Saint-Jean-Brévelay. Ainsi,
cet homme du monde, qui porte l'élégance
académique en sa personne comme en ses
discours, a été élevé dans une pauvre chaumière de la Bretagne. Avec le courage d'un
Amyot, il fit ses études au collège de Vannes,
n'ayant que 250 francs par an pour payer son
externat, pour acheter des livres, pour se
loger, pour se vêtir et pour manger. Plus
d'une fois l'estomac dut être sacrifié au profit
de l'esprit. Quelques leçons qu'il donnait à

ses camarades augmentaient un peu son bud-
get; mais c'était la misère, une misère noire,
où seuls l'amour de l'étude et l'avenir entrevu
jetaient un rayon d'espérance.

Cela dura longtemps, même à Paris au sortir de l'Ecole normale, alors que le pauvre
suppléant couchait dans un grenier de la
place de la Sorbonne et faisait pour douze
sous, chez Flicoteaux, un maigre repas par
jour.

Enfin la *Revue des Deux-Mondes* fut la pro-
vidence du jeune philosophe. Rebuté par
quelques journaux, il n'osait plus se présenter dans les bureaux de rédaction; Buloz
surtout, avec sa réputation farouche, l'intimidait. A cette époque parut un mauvais
ouvrage sur l'Ecole d'Alexandrie; Jules Simon
fit un article sur ce livre, et, prenant son
courage à deux mains, il se rendit un soir
dans la rue Saint-Benoît, où étaient les bureaux de la Revue. Mais, arrivé à la porte,
les forces lui manquèrent; sa fierté se révolta
à la pensée d'un refus. Il allait emporter son
article, quand il aperçut une boîte à la portée

le sa main. Ce n'était pas la boîte aux ma-
nuscrits, c'était la boîte aux journaux. Dans
on trouble, il y jeta son article, et il s'enfuit
ans retourner la tête.

Buloz fut tout étonné, le lendemain, de
rouver un manuscrit parmi les gazettes.
Peut-être, grâce à ce hasard, l'examina-t-il
plus attentivement ou plus vite ; quoi qu'il en
soit, Jules Simon reçut, peu de temps après,
es épreuves de son article, et il fut, à partir
le ce jour, un rédacteur assidu de la Revue.

Longtemps après, le célèbre philosophe,
devenu ministre, s'est-il souvenu de cette première page de son histoire littéraire, quand
l a fait donner à Buloz la croix de la Légion
d'honneur ? C'était d'ailleurs un acte de tar-
dive justice. Non seulement Buloz avait fondé
a plus importante Revue, mais il avait été
administrateur de la Comédie-Française.
M. Jules Simon était depuis longtemps brouillé
avec lui, lorsque un jour, en 1871, il apprit
par M. Thiers que Buloz demandait la croix.

— Comment ! dit-il, il est au moins com-
mandeur.

— En tout cas, vous ne voyez pas d'inconvénient ?... répartit M. Thiers.

— Pas le moindre. Je vais envoyer mon secrétaire chez Buloz pour lui dire que, s'il n'est que chevalier, je le nommerai officier.

Non, il n'était pas chevalier *.

IV

Nous ne prétendons pas juger ici l'œuvre philosophique de M. Jules Simon ; tout au plus essayerons-nous de la caractériser en quelques mots. Selon nous, son système procède plutôt de l'enseignement que de la recherche spéculative. Certes, il ne voudrait pas qu'on l'appelât un *positiviste ;* et cependant nous oserons qualifier sa doctrine : « un positivisme moral ». Il y a des abstractions où l'esprit humain se perd, des problèmes métaphysiques qui, par leur essence même, sont con-

---

* Ces souvenirs nous ont été contés par M. Jules Simon lui-même. Nous les croyons inédits.

damnés à n'être jamais résolus. Ces hardiesses
de Titan qui veut escalader le ciel sont un
danger pour notre raison. N'existe-t-il pas, de
l'aveu même de Pascal, ce chercheur audacieux, un « au delà » que notre connaissance
n'atteindra jamais ? Tout ce qui peut rendre
l'homme meilleur, en lui enseignant la noblesse de sa naissance et la loi de sa destinée,
voila le cercle psychologique et moral où
M. Jules Simon enferme ses investigations.
Comme Socrate, il a fait descendre la philosophie du ciel sur la terre. Ses meilleurs
ouvrages sont ceux où il étudie l'état de
l'homme dans la société. Et sa politique n'est
pas une utopie : la science économique y
coudoie à chaque page les principes platoni-
ciens.

On a dit beaucoup de mal de l'*éclectisme* :
y a-t-il cependant un seul système qui, adopté
dans toute sa rigueur, puisse satisfaire l'esprit
humain ? M. Jules Simon, comme son maître
Cousin, ne méconnait pas les découvertes de
la physiologie moderne ; mais il ne veut point
que l'on confonde le monde matériel avec le

monde de la pensée. Il croit à l'âme et il croit
à Dieu : voilà les fondements de sa métaphy-
sique. En philosophie, nous le comparerons
volontiers à Cicéron, qui était surtout un
érudit et un moraliste. M. Jules Simon a étudié la doctrine des principales écoles, il a
commenté Platon et Aristote, il a suivi en
historien les dialecticiens d'Alexandrie jusque
dans leurs aberrations, et il a dégagé de cette
encyclopédie les fondements éternels de la
vérité.

V

Ce « positivisme moral » — une antithèse
par laquelle nous avons essayé de caractériser
la double tendance de M. Jules Simon — se
retrouve dans ses réformes universitaires.
Lui, l'attique, nourri du miel de l'Hymète et
du lait d'Amalthée, il a prouvé qu'il était bien
de son temps, lorsque, profitant de son passage au pouvoir, il a rajeuni l'enseignement
de la France au mépris de la routine, et adapté

les programmes universitaires aux besoins de
la société moderne.

Nos pères, élevés dans les « humaniores
litteræ », se flattaient de ne pas connaître le
premier mot des sciences. Aujourd'hui, il
n'est pas un bachelier ès lettres qui ne sache
lire dans les astres et qui n'ait trouvé au fond
d'un creuset les mystérieuses lois de la matière. Certes, nous sommes, plus que quicon-
que, épris de beau langage ; mais il faut
avouer que l'éternel thème grec et le prosaïque vers latin étaient devenus des exercices
bien stériles. Tout le monde à présent est
utilitaire, parce qu'il n'y a plus de privilégiés,
plus de cadets, et que tout le monde combat
pour la vie. A une société nouvelle, il fallait
donc un enseignement nouveau.

Parlerons-nous, après tant de juges auto-
risés, de Jules Simon écrivain et orateur ?
Comme Cicéron, auquel nous le comparions
tout à l'heure, il possède au suprême degré
l'art de dire : il a, à la fois, le don du style
et le don de la parole. Ce n'est pas assez de
convaincre, il veut charmer ; il veut que l'ar-

gument passe par le cœur pour arriver plus
sûrement à l'esprit. Ne possède-t-il pas trois
puissants leviers : la voix, la diction, le geste ?
Il n'en faudrait pas tant pour soulever le
monde. A la tribune, M. Jules Simon est tour
à tour ironique, inspiré, harmonieux, véhé-
ment. Ses discours resteront pour nos fils
des modèles oratoires ; mais nous pourrons
dire à ces tard-venus, comme Eschine à ses
disciples après la lecture d'une harangue de
Démosthène :

« Eh ! que serait-ce, si vous aviez entendu
rugir le Lion ! »

ALBÉRIC SECOND

ALBÉRIC SECOND

Un jour, au café de la Régence, Alfred de Musset, voyant le nom de Théophile Gautier au bas d'un feuilleton de la *Presse*, froissa le journal avec colère et le jeta à ses pieds.

— C'est grande honte, dit-il, de voir un si gentil poète tourner ainsi chaque semaine la meule du feuilleton. Où sont les *Emaux et Camées?*

Théo, assis à une table voisine et fumant sa chibouque, avait entendu l'auteur de *Rolla :*

— Messire, répondit-il en venant le saluer profondément, il n'y a plus d'aristocratie, car la vie est dure : les poètes se font journalistes, comme les gentilshommes se font maquignons. Pégase est un cheval de sang, que nous faisons caracoler aujourd'hui et que nous troquerons demain.

Gautier disait vrai. On ne s'enrichit pas plus à écrire des romans et des poèmes qu'à faire des rallye-papers ou des chasses à courre; heureusement le journalisme — qui n'est pas toujours un commerce d'esprit — favorise le commerce de l'esprit. C'est le Tattersall des lettres.

Il y a des écrivains que le journal a pris tout entiers; rien ne restera d'eux qu'un souvenir. Albéric Second, maître chroniqueur, n'est pas de cette école viagère. Tout en répandant son esprit dans le *Figaro,* dans le *Grand Journal,* dans le *Gaulois,* dans l'*Univers illustré*, il a écrit des romans et des comédies, il a « fait des livres » qui sont appelés à lui survivre.

Lire une page de ce spirituel et touchant écrivain, c'est rafraîchir sa pensée, c'est retrouver l'esprit perdu des conteurs du xviiie siècle, mais un esprit qui ne s'exerce jamais aux dépens du cœur. Ce qui caracté-

rise le talent d'Albéric Second, c'est l'honnêteté. Nous entendons ce mot comme on l'entendait à la cour de Louis XIV : l'honnêteté,
fleur du langage et des manières, chevalerie
des sentiments, distinction italienne mitigée
par la gaîté gauloise.

Depuis lors, la littérature a suivi deux cou-
rants opposés. Des écrivains qui se piquaient
de beau langage sont tombés dans la mié-
vrerie ou dans le pironisme ; d'autres, qui
avaient des prétentions philosophiques et
sociales, ont *démocratisé* leur style, comme si
la politesse des cours devait être bannie du
monde nouveau.

Puis, après les fantaisistes et les réalistes,
nous avons eu, en ces dernières années, des
romans d'un sentiment plus élevé et d'un
goût plus pur. Des écrivains comme Ludovic
Halévy, Georges Ohnet, Henri Gréville, André
Theuriet, n'ont pas craint de chercher dans
la famille des sujets d'inspiration. Dans cet
ordre d'idées, on peut dire que M. Albéric
Second est un chef d'école ; il y a longtemps
que l'Académie française lui a rendu hom-

mage en couronnant les *Demoiselles du Ron-*
çay, une touchante histoire qui a tous les
mérites de l'invention, de la sensibilité et du
style.

Et pourtant, le monde des châteaux, les
antiques douairières, les tapisseries aux
teintes mortes, les parcs romantiques dans la
solitude des champs, les blondes filles aux
figures de keepsake : tel n'a pas toujours été
l'unique objet de ses études. M. Albéric Second, qui naquit avec le don dramatique, a
vécu au théâtre autant qu'à la ville. Les coulisses n'ont pas de secrets pour lui ; il en
connaît bien les hôtes familiers, comédiens
et comédiennes, artistes et grands seigneurs.
Il fut l'ami du comte d'Orsay et du duc de
Morny, qui l'initièrent à la haute vie ; il fut
commissaire impérial au théâtre de l'Odéon ;
il est enfin un des auteurs dramatiques les
plus applaudis de notre époque.

C'est dans la comparaison de ces deux
existences, la vie mondaine et la vie fami-
liale, que M. Albéric Second a puisé la plupart de ses sujets. Quoiqu'il connaisse son

Paris mieux que personne, il revient toujours aux grandes traditions de sa race. Descendant d'une noble famille de robe, il est loin d'avoir l'esprit juridique, mais il aime à se retourner de temps en temps vers les portraits de ses aïeux.

Et malgré l'enseignement de ses fictions, malgré la gravité de sa morale, quelle bonne humeur dans le récit et dans le dialogue! C'est Gil Blas converti, mais gardant précieusement sa soutanelle d'étudiant, comme le berger devenu roi gardait sa houlette et son pipeau.

L'homme, dans Albéric Second, est aussi entraînant que l'écrivain. Il suffit, pour l'aimer, de lire son *Tiroir aux Souvenirs,* un charmant volume de mémoires où il se révèle tout entier. Par l'esprit, il a toujours vingt-cinq ans, quoiqu'il soit né en 1817. Son père était président du tribunal de première instance à Angoulême. Albéric fit ses études au collège de cette ville, où il eut pour professeur de philosophie M. Mourier, plus tard vice-recteur de l'académie de Paris. Il arriva

au quartier latin à dix-sept ans, pour faire
son droit. Mais quel que fût son amour pour
les Pandectes et les Institutes, la littérature
l'attirait particulièrement. Il se reposa donc
des études sévères en écrivant des comédies
pour le théâtre du Panthéon et en publiant
son premier roman dans le *Siècle,* que Du-
tacq venait de fonder.

Bientôt, par ses intéressantes chroniques
enlevées à la pointe de l'esprit, Albéric Second
contribua à la fortune de la *Presse,* du *Cons-*
titutionnel, du *Figaro,* de l'*Evénement,* du
Gaulois, du *Moniteur universel* et de vingt
autres journaux. Comme Sainte-Beuve, comme
Jules Janin, comme Théophile Gautier, il avait
la faveur du public; et ce règne a duré quarante ans, sans la moindre révolution de palais. Aujourd'hui, le journaliste a pris sa
retraite, mais le romancier, l'auteur dramatique est encore debout.

Un des plus beaux succès d'Albéric Second,
au théâtre, n'a que trois ans de date : nous
voulons parler de la *Vie facile,* qui fut jouée
supérieurement au Vaudeville par Dupuis,

Dieudonné, Volny et Mlle Legault. Qu'on me permette d'évoquer ici un souvenir personnel. Albéric Second venait de perdre son frère, enlevé subitement; il s'exila, parce que Paris n'est pas la ville de la douleur. Impossible de retarder la représentation : tout était prêt, et l'on sait que les directeurs de théâtre n'attendent pas. Je me rappelle avec quelle bonne grâce Albéric Second me fit donner son fauteuil d'orchestre. Certes, je ne pouvais pas remplacer l'auteur ; mais il me semblait qu'il ne serait pas tout à fait absent le soir de sa « première » puisqu'il y aurait dans la salle un ami entièrement dévoué à son succès. Ce soir-là, Dupuis ne joua pas devant un parterre de rois, mais je puis dire que toutes les illustrations de Paris emplissaient le théâtre du Vaudeville. Ç'avait été, depuis huit jours, une chasse aux billets ; si bien que, quand j'arrivai à la porte avec mon coupon à la main, un marchand de contremarques, regardant par dessus mon épaule, me dit:

— Vous avez une bien bonne place, monsieur.

Et comme je ne répondais point, il ajouta

— La cédez-vous pour trois louis?

— Non.

Il alla jusqu'à cinq; mais je ne l'entendai
pas.

Le marchand de contremarques ne m'a
vait point trompé en me disant que la place
était bonne. A droite, Auguste Vitu; à gauche
Francisque Sarcey; autour de nous, Pau
Perret, La Pommeraye, Henri Rochefort
d'Ennery, Arnold Mortier, toutes les célébri
tés de la critique et de l'art théâtral. Au
balcon; beaucoup de jolies femmes splendi-
dement « déshabillées »; dans une avant-
scène, la famille de Victor Hugo, avec M. Vacquerie et Mᵐᵉ Judith Gautier.

Ce fut pour moi une délicieuse soirée.
La *Vie facile* était un chef-d'œuvre de mo-
dernité, et le succès n'en fut arrêté que par
les premières chaleurs. Le soir même, avant
de me coucher, je fis un compte rendu intime, et l'auteur a bien voulu me dire plus
tard qu'il avait conservé dans ses archives ce

modeste hommage, à côté des hymnes des
feuilletonnistes.

La *Vie facile* n'est pas le seul succès dramatique d'Albéric Second. Le Théâtre-Français a joué de lui la *Comédie à Ferney*. Les
spectateurs de cette époque — il y a de cela
trente ans — n'ont pas oublié combien Gef-
froy fut admirable dans le rôle de Voltaire.

Joué et acclamé sur toutes les scènes, au
Gymnase, au Palais-Royal, à l'Opéra-Comique,
aux Nations, Albéric Second le fut aussi à
Saint-Cloud, sur le théâtre de l'Empereur.
L'Impératrice, qui achève sa vie dans les
larmes, riait naguère à tous les spectacles,
parce qu'elle comptait sur l'éternité du trône :
elle acclimatait la comédie dans ses châteaux
et dans ses palais, continuant ainsi la tradition de Louis XIV. Albéric Second était, avec
Octave Feuillet, un de ses Molières, — Molière, moins le *Misanthrope* et le *Tartufe*. —
C'est pour la fête de l'Impératrice que l'auteur de la *Semaine des quatre Jeudis* écrivit
un jour cet acte charmant : le *Baiser anonyme*. A ce propos, un journal hasarda quel-

ques épigrammes; mais l'opposition était
timide encore, et l'article n'avait point de si-
gnature. « Il paraît, disait cette gazette, que
l'on reçoit des « baisers anonymes » dans les
avenues de Saint-Cloud. » Et Albéric Second
répondit au pamphlétaire inconnu : « Monsieur, si mes baisers sont anonymes, mes articles ne le sont pas ».

On a dit, de tout temps, beaucoup de mal
des sous-préfets; c'est la manie des écono-
mistes. Il faut bien croire cependant qu'il
y en a de spirituels, puisque Albéric Second
fut, dans sa jeunesse, sous-préfet de Castel-
lane. Il eût pu faire un préfet tout comme un
autre, mais il préféra renoncer à l'adminis-
tion, parce que les lauriers littéraires ne
poussaient pas dans les jardins de la souspréfecture.

ALEXANDRE DUMAS

ALEXANDRE DUMAS

I

La nature, qui n'a rien refusé à M. Alexandre Dumas fils, ni le talent — dans vingt ans, nous écrirons le *génie,* — ni la fortune, lui a pourtant joué un mauvais tour en le faisant naître d'un père illustre, doué lui-même de tous les dons de l'intelligence. Je demande pardon à M. Dumas de cette vérité qui ressemble fort à un blasphème.

Dans sa piété filiale, il s'est toujours plus préoccupé de la gloire de son père que de la sienne propre ; et certes, il ne voudrait pas qu'on effaçât de sa généalogie ni de son cœur le nom de l'auteur des *Mousquetaires.*

Mais combien de fois ai-je entendu tenir
ce propos absurde : « Dumas fils a été heureux que son père naquît avant lui, pour lui
tracer la voie, lui remettre un nom glorieux, lui laisser tout un personnel de
lecteurs, d'éditeurs, de directeurs, pour l'ai-
der en un mot de sa popularité et de sa fortune ». Or, le fils de Napoléon, s'il eût vécu,
aurait-il osé gagner des batailles ? Rien n'est
plus difficile à porter qu'un grand nom. On
est plus exigeant pour le fils d'un grand
homme que pour le premier venu. Combien
d'enfants pourraient dire, en recevant le dia-
dème de la célébrité, ce que Charles IX disait
à son sacre : « Cette couronne me blesse le
front ! » Quand on s'est acquis, comme
M. Dumas fils, une grande notoriété dans les
lettres, on ne relève que de sa propre indivi-
dualité. On est un produit spontané de ce
grand générateur : le Génie. Alexandre Dumas père a donné à son fils la vie, l'amour,
la notoriété, la fortune ; mais il ne lui a pas
donné la gloire, dont il n'avait que l'usufruit.
L'écrivain, qu'il naisse d'un affranchi comme

Virgile, ou qu'il descende de Vénus comme César, est toujours fils de ses œuvres *.

Nous tenons en grande vénération l'auteur de *Monte-Cristo* : il fut l'esprit le plus fécond, le plus gai, le plus sain de son siècle et de tous les siècles ; c'était un magicien, un évocateur de songes, créateur dans le vrai sens du mot, car il faisait quelque chose avec rien, un roman ou un drame avec deux lignes de légende, un type éternel avec un simple nom historique exhumé de Brantôme ou de Saint-Simon. Mais ce n'est pas de lui qu'il s'agit. Nous ne tenterons même pas d'établir un parallèle entre le père et fils. Pour cela il faudrait une commune mesure, et les deux Dumas n'ont rien de commun que le talent. On a dit : « Le drame se présente au père par *l'idée*, au fils par le *fait* ». Nous reprendrions

---

* Encore un grand nom qui est appelé à s'éteindre, car M. Alexandre Dumas n'a pas de fils. L'héritier des Dumas, c'est le jeune Lippmann, qui porte fièrement le prénom d'Alexandre, comme son aïeul, son bisaïeul et son trisaïeul maternels. Ce joli *bambino* a bien choisi ses parrains : Meissonnier et Protais. Déjà il tient hardiment le crayon et le pinceau. Noblesse oblige !

cette formule à notre compte, si les petits
journaux n'en avaient pas abusé. D'où vient
cette profonde divergence ? Du tempérament
d'abord, et puis de l'époque. Depuis cinquante ans, l'esprit humain a fait peau neuve :
de romanesque et de romantique, on est devenu utilitaire ; le rêve a été remplacé par
l'action. A tous les âges de l'histoire, on a
vu le libre examen succéder à la fiction, la
philosophie à la poésie.

L'homme commence par regarder au-dessus de lui : c'est l'époque de la foi, de la mé-
taphysique, de l'épopée indienne ou homérique ; il regarde ensuite autour de lui : c'est
le triomphe des arts et de la matière ; puis il
regarde en soi-même, il fait du *moi* sa propre
divinité, ou plutôt il s'aperçoit que le divin
est en lui, et il applique toute son industrie,
toutes ses fonctions organiques, intellectuelles
et morales à accomplir son but terrestre qui
est le progrès de l'humanité. Ainsi l'homme
qui se repose extatiquement en Dieu et celui
qui, au nom de la matière, nie Dieu sont
également éloignés de la vérité. L'âme hu-

maine : voilà le pont jeté entre la terre et le ciel. Après avoir demandé au dogme son soutien, à la matière son néant, l'homme trouve en lui-même les prolégomènes de sa destinée, la révélation de sa loi.

M. Alexandre Dumas fils appartient à cette époque d'examen, à ce cycle psychologique et moral où l'homme, ayant triomphé de la matière, cherche la vérité non pas dans l'eau comme Thalès, dans le feu comme Héraclite, dans l'air comme Anaximène, mais dans le cœur humain, dans ce viscère où viennent retentir toutes nos impressions, tous nos sentiments, toutes nos idées. Loin de lui les théories de « l'art pour l'art »! Il veut *connaître*, il veut rendre les hommes meilleurs en les rendant plus conscients. A quoi bon la Beauté, dira-t-il, si elle n'est pas la forme du Bien? Le but qu'il poursuit, ce n'est pas le plaisir, c'est la vertu.

Ces prémisses paraîtront étranges à tous les honnêtes lecteurs qui n'ont sur M. Alexandre Dumas que l'opinion courante, qui le connaissent surtout par ouï-dire et qui en font,

sur la foi d'une vieille légende, le rédempteur
des filles perdues. Pour moi, avant de prendre
la plume, je viens de lire l'œuvre tout entière
de M. Dumas, dont je ne connaissais que le
répertoire classique ; j'ai lu ses pièces, ses
préfaces, ses *Entr'actes*. Je croyais entrer
dans un théâtre, je me suis trouvé dans
une église ; mais le prédicateur s'appelait
Alexandre Dumas. D'abord, j'ai écouté d'une
oreille profane, comme un homme du monde
qui va au sermon quand le P. Monsabré est
sur l'affiche. J'admirais surtout le talent de
l'écrivain, préfacier ou auteur dramatique,
sa logique serrée, ses mots éclatants comme
une note cuivrée dans un concert d'harmonie, son art tout à la fois exubérant et pro-
gressif, sa science des tons et des reflets, ses
épigrammes tombant dru comme une pluie
de dards, sa réplique aisée, mordante, ne
brisant jamais la chaîne des idées, mais
donnant du relief à l'expression. Puis, après
mon esprit, mon cœur s'est ouvert ; il y avait
longtemps, je le proclame, qu'une lecture
n'avait produit sur moi un effet aussi bien-

faisant ; je me suis senti meilleur, moins
égoïste, plus disposé à aller au fond des
choses et à en scruter le mystère. Depuis des
milliers d'années, le monde juge d'après des
sentences toutes faites ; or, le sens moral est
susceptible d'éducation : la sagesse des nations n'est pas une jurisprudence constante,
définitive ; il faut parfois réviser sa procé-
dure et réformer ses arrêts. Mais si vous
l'osez, votre génération vous traitera d'écrivain paradoxal, d'esprit faux, d'homme dangereux, jusqu'au jour où l'humanité vivant
enfin sur les hauteurs, comme l'aigle, regar-
dera la vérité en face sans en être éblouie.

II

Sans doute, cette étude serait beaucoup
plus intéressante, je veux dire plus acces-
sible, si j'en faisais un recueil de toutes les
anecdotes dont les deux Dumas furent les
héros ; je pourrais donner aussi leur signale-
ment légal, raconter des propos de coulisses,

11

m'introduire furtivement dans l'hôtel de
l'avenue de Villiers et vous en détailler les
splendeurs. Je pourrais écrire « la journée
de M. Alexandre Dumas » comme Dangeau
écrivait la journée de Louis XIV. Mais la
chronique s'est épuisée, à force de fécondité ;
tout a été dit sur ce point par des journalistes indiscrets, qui semblent avoir trans-
formé la loge de leur concierge en un cabinet
de travail. N'est-il pas plus intéressant de
prendre l'écrivain corps à corps et d'étudier,
non seulement son œuvre, mais la gestation
de sa pensée ? Pour M. Alexandre Dumas, le
théâtre est un moyen et non un but ; c'est
une forme littéraire à la faveur de laquelle il
pose à la foule une question morale, dont il
tire lui-même la solution d'après les principes
humanitaires et chrétiens. L'ancienne comédie, qui s'attaquait aux défauts et aux ridicules sans jamais corriger personne, est selon lui « un miroir dans lequel on ne voit
que son voisin ». Et il essaye de faire au
profit du bien ce que Ménandre, Térence,
Molière, Regnard ont vainement tenté contre

le mal. Quels sont donc les principes supérieurs de sa doctrine, la raison de son apos-
tolat ?

On a prétendu que M. Alexandre Dumas,
depuis la *Dame aux Camélias* jusqu'à *Denise*,
avait fait l'apologie de la « fille » ; même, un
soir que l'on représentait au Gymnase les
Idées de Mme *Aubray*, M. Mirès, un financier
malheureux dont les démêlés avec dame
Justice sont demeurés célèbres, crut devoir
quitter la salle en jetant avec indignation ce
mot à la Brutus : « C'est à dégoûter de la
vertu ! » Or, le mariage et la famille, selon
l'idéal chrétien, voilà la base de sa morale ; et
pour mieux apprécier les cas particuliers que
M. Alexandre Dumas a mis en scène dans
chacune de ses pièces, nous allons analyser
cette brochure célèbre, *l'Homme-Femme*, où il
a fait la synthèse de ses idées, la déclaration
de ses principes. Connaissez-vous le dialogue
du *Banquet*, de Platon, sur l'Amour ? C'est à
cette haute conception de l'unité dans la
dualité que M. Dumas a puisé son titre, sinon sa doctrine. « Les deux manifestations

extérieures de Dieu, dit-il, sont la forme et le mouvement : le masculin est mouvement, le féminin est forme. » Ainsi un homme et une femme s'unissent pour une œuvre commune. Dualité sainte, en regard de la trinité céleste, *l'Homme-Femme* est donc un être en deux personnes, qui communie sous les espèces de l'amour. Or, le masculin et le féminin, qui devraient toujours être unis, sont souvent en lutte l'un contre l'autre. M. Alexandre Dumas essaie de remonter aux causes et de faire la part des responsabilités. Avec un talent merveilleux, il développe sa thèse philosophique, dont il laisse à chacun le soin de tirer la conclusion. Qu'on nous permette donc de traduire dans un langage moins élevé, mais plus courant, les idées de l'auteur et d'indiquer les réflexions pratiques qu'elles nous ont suggérées.

M. Alexandre Dumas divise les femmes, socialement, en trois ordres: les femmes de temple, les femmes de foyer, les femmes de rue. Les femmes de temple, ce sont toutes les vierges, qu'elles vivent à l'ombre du cloître ou

dans la sainte atmosphère de la famille ; les
femmes de foyer, ce sont les épouses et les
mères, celles qui ont sacrifié aux lois physiques de l'amour ; les femmes de rue, ce sont
les courtisanes, qui vendent au premier venu
ce que les autres donnent au seul homme
qu'elles ont choisi. Or, il ne faut pas s'en rapporter pour cette classification aux simples
apparences. Telle vierge, élevée dans le gyné-
cée, ne voit dans le mariage qu'un acte
d'émancipation et se prépare d'instinct à tous
les débordements ; au contraire, telle courti-
sane qu'une première faute ou une première
douleur a entraînée dans le vice se débat
désespérément au fond de cette fange et meurt
avec la honte au front et le dégoût au cœur.
Ainsi, la nature et la société ne sont pas toujours d'accord. On naît avec la vocation de la
virginité, de la maternité ou du vice ; et mal-
heureusement la classification sociale se fait
un jeu des destinées : elle méconnaît les ins-
tincts pour ne voir que les situations ; elle
rapporte tout à son échelle, qui n'est pas
l'échelle de Jacob. Mais cette confusion est iné-

vitable, et M. Dumas ne nous enseigne pas le moyen d'y remédier.

Tout en disant aux hommes : « Sachez choisir votre épouse », il avoue que, même avec une grande sagesse, on peut se tromper sur ce choix. Si l'homme et la femme qui se recherchent, qui s'appellent pour réaliser l'œuvre commune — l'enfant — s'en tenaient l'un et l'autre à cet unique amour ; si la femme, qui est la forme, ne recevait de l'homme le mouvement que pour donner la vie à ce petit être créé à leur double image, le problème serait résolu : un ordre immuable présiderait à la marche de l'humanité. Le mariage étant l'unique moyen, et la maternité l'unique but de l'amour, il n'y aurait plus de femmes adultères, plus de filles séduites, plus d'enfants abandonnés, plus de ces vices honteux qui sont l'envers de la passion. Mais les choses ne se passent pas ainsi. A qui la faute ? demande M. Alexandre Dumas. Et il n'hésite pas à répondre : « A l'homme ».

Ce problème s'est posé souvent aussi devant ma pensée ; il y a trois ou quatre ans, j'écrivis

pour un journal parisien qui voulait bien ac-
cueillir ma prose d'adolescent * un article qui
avait pour titre : *Paradoxe contre l'amour*, et où
je fustigeais, avec toutes les sévérités de l'inex-
périence, les turpitudes de la passion. En prenant de l'âge, on devient plus indulgent, mais
devient-on meilleur ? J'admire M. Dumas
d'avoir osé, au nom des principes, braver le
ridicule, démasquer l'égoïsme et flétrir le vice.
L'homme et la femme ne seront jamais en
parfaite harmonie, tant que le mariage sera
pour celle-ci un commencement, pour celui-
là une fin. Que l'homme arrive donc, chaste,
à la porte du mariage ; voilà l'étrange conclusion qui s'impose à tout esprit sincère, plus
soucieux de la vérité que de l'opinion. Ne riez
pas, monsieur, ne souriez pas, madame, et
veuillez m'accorder une minute de réflexion.

« Il faut, dites-vous, qu'avant de se marier,

---

* Le *Jour*, fondé par MM. Andrieux et Détroyat. C'est
M. Armand Silvestre qui avait bien voulu me présenter au
secrétaire de la rédaction. Etudiant en droit de première
année, plus riche d'espérance que de chèques, je fus tout
heureux de donner à ce journal, pendant quelques mois, des
chroniques à deux sous la ligne.

un jeune homme connaisse la vie : il faut
qu'il ait eu des maîtresses. » Personnellement,
je vous remercie beaucoup de votre indul-
gence et je me reproche même d'en avoir un
peu trop profité. Mais ce n'est pas de cela
qu'il s'agit. Vous trouvez bon, chère madame,
que votre fils ait des maîtresses ; vous le gron-
dez pour ses dérèglements ; vous lui dites avec
une grosse voix : « Monsieur mon fils, vous
êtes incorrigible », et au fond du cœur vous
vous réjouissez de ses bonnes fortunes. Il est
si beau cet enfant ! Comment les femmes ne
l'aimeraient-elles pas ? Ah ! quand vous vous
promenez à son bras, vous relevez la tête, et
si une femme se retourne pour le voir passer,
vous êtes de moitié dans son triomphe, vous
faites entrer ce succès profane dans le compte
de vos joies maternelles. C'est bien. Mais où
choisira-t-il ses maîtresses ? Il y a trois caté-
gories de femmes qui se donnent ou qui se
vendent : les filles séduites, les femmes adul-
téres, les courtisanes. Vous qui avez tant d'in-
dulgence pour les mauvais sujets, vous allez
reculer devant les conséquences de vos prin-

cipes. Il faut, en effet, que « pour s'amuser »
monsieur votre fils se ruine avec la une telle,
ou bien qu'il trompe un de ses amis, ou bien
qu'il abuse d'une pauvre fille qu'il rendra
mère peut-être et qu'il abandonnera ensuite.
J'allais oublier les veuves ; mais il n'y en a pas
assez'pour tous les célibataires. Egoïsme, scepticisme, lassitude physique et morale : voilà
le résultat de cette vie de plaisir, qui, comme
une comédie, finit presque toujours par un
mariage. L'homme n'a plus d'illusions, mais
il apporte en échange, dans sa corbeille de
noces, des goûts pervertis, des sentiments
blasés. Vous pensez bien que sur ce chapitre
je ne puis tout vous dire, mais vous m'enten-
dez à demi voix. Monsieur ne tardera pas à
convertir madame. Ecoutez ce mot d'ordre
qui circule dans l'alcôve, éclairée par la faible
clarté d'une veilleuse : « Pas d'enfants ! »

La femme est ou sensuelle ou coquette : dans
le premier cas, elle terrasse ce mari blasé et
passe bientôt à d'autres amours ; dans le second
cas, elle dédaigne l'œuvre de chair qui menace
la pureté de sa forme et flétrit la fraîcheur de

12

son teint, elle ferme la porte de sa chambre à ce mari encombrant et l'envoie porter sa flamme ailleurs. Plus de foyer, plus de famille. Et toutes les comédies du ridicule, tous les drames de la honte, toutes les tragédies de la passion sont autant de corollaires à ces mœurs civilisées que les sauvages ne nous envieraient pas. M. Alexandre Dumas a mis le doigt sur la plaie, il en a sondé la profondeur et indiqué la guérison. L'amour de l'enfant, voilà, selon lui et selon nous, la sauvegarde de la femme, la rédemption de la fille !

Il est une théorie où nous n'osons pas suivre l'auteur, bien qu'il l'ait étayée sur une paraphrase de la Bible. L'homme, dit-il, communique directement avec Dieu, puisque Dieu, après l'avoir pétri dans le limon, lui a soufflé une âme ; la femme, tirée du sein de l'homme, n'est que de seconde création. C'est par Eve que le mal est entré dans le monde ; en écoutant les conseils de la femme, Adam a devancé son heure, et le fruit de ces amours prématurées, Caïn, a été maudit par l'Eternel. Commentant ensuite avec une véritable éloquence

les grandes pages de l'histoire sacrée, il arrive
à cette double conclusion : « Mauvaises ten-
dances congéniales de la femme ; — nécessité
pour l'homme de savoir diriger cette auxi-
liaire, qui n'a jamais de direction propre ».
L'homme ne peut arriver à ce résultat qu'en
sanctifiant la femme par le mariage et la
maternité. Si, méconnaissant cette loi de sa
destinée, il écoute le serpent et ferme l'oreille
à la voix de Dieu, c'en est fait de sa dignité
et de son bonheur.

M. Alexandre Dumas, qu'on se plaît à accu-
ser d'immoralité, — ce qui est le comble de
l'ignorance ou de la mauvaise foi, — a écrit
quelque part ces simples paroles, d'une moralité bourgeoise : « Il n'y a pas de plus beau
spectacle que celui d'une honnête femme ».
Et donnant des conseils à un jeune homme de
vingt ans, il dit encore :

« Quand tu rencontreras une femme, après
comme avant ton mariage, si elle est en bas,
tâche de la faire remonter ; si elle est en haut,
ne la fais jamais descendre. — Ce n'est pas
par la possession physique qu'on apprend à

connaître les femmes. — Marie-toi dans n'importe quelle classe, pourvu que celle que tu
épouseras soit croyante, pudique, laborieuse,
saine et gaie, sans ironie. — Garde-toi d'im-
poser à ta femme la maternité : fais-la lui
d'abord comprendre et désirer. — Les nombreux enfants, c'est non seulement la béné-
diction de la famille, c'est l'exemple, et
l'exemple vaut mieux que la leçon, sans doute
parce qu'il est plus difficile à donner. — Sois
aussi irréprochable toi-même que tu demandes
à ta compagne de l'être, afin de ne lui causer
aucun chagrin et de ne lui fournir aucune
excuse. — Nul autre homme que toi ne
doit plus jamais pénétrer dans son âme, quel
que soit le caractère particulier dont il est
revêtu. »

C'est à la fin de ces conseils d'une élévation
évangélique que M. Alexandre Dumas a écrit
le fameux *Tue-la*, un de ces mots à sensation
dont il a le secret. Aujourd'hui le divorce,
pour le triomphe duquel M. Dumas a courageusement combattu, est venu donner à
l'homme trompé une réparation pacifique ; la

loi, en sauvegardant son honneur, a désarmé
son bras.

III

Partant de ce concept qui s'inspire de la
morale la plus doctrinaire et la plus pure, on
apprécie en toute vérité les comédies de
M. Alexandre Dumas ; on en comprend non
seulement la lettre, mais l'esprit. Nous ne
ferons pas l'analyse de chacune de ses pièces,
car tout le monde les connaît, depuis la *Dame
aux Camélias*, cette touchante histoire d'une
« fille de douleur » dont la fatalité a fait une
fille de joie et qui se purifie par l'amour, par
le sacrifice, par la mort, jusqu'à *Denise*, la
fille pauvre, aimante, naïve, abandonnée par
son amant, reniée par son père et sauvée par
un honnête homme qui efface le souvenir de
cette faute unique expiée dans les larmes.
Quant au procédé dramatique de M. Alexandre
Dumas, à sa manière littéraire, il est aisé
d'en donner la formule ; elle est du domaine

de toutes les écoles et de tous les siècles, elle
appartient à Aristophane comme à Molière;
la voici, telle qu'Alexandre Dumas l'a exprimée lui même :

« Le premier acte clair, le dernier court,
et de l'intérêt partout ».

Le théâtre de M. Dumas nous a fait un peu
oublier ses romans : c'est une injustice. La
Vie à vingt ans, *Antonine*, *Sophie Printemps*,
la *Dame aux Camélias*, le *Roman d'une femme*,
contemporains de ses premières pièces, sont
dignes de son œuvre dramatique. Mais il en
est un surtout, *l'Affaire Clémenceau*, où l'auteur a condensé toutes ses théories. Ces « mémoires de l'accusé » sont à la fois un plai-
doyer et un réquisitoire. Ce n'est pas, à
proprement parler, un roman; c'est le récit
sincère, véridique, douloureux d'une vie humaine, depuis le berceau jusqu'à la cour
d'assises. M. Alexandre Dumas n'a pas tenté
la réhabilitation du forçat; car son héros est
un honnête homme. Coupable selon la société,
Pierre Clémenceau est innocent selon la nature. D'où vient cette monstrueuse contra-

diction qui est dans tout ? L'homme d'ordre, le bourgeois satisfait, le magistrat impeccable écarte la question au lieu d'essayer de la résoudre. Le Code en main, il ne songe point à descendre dans les profondeurs de l'âme humaine; sa psychologie tient tout entière entre deux articles de loi. Or, les hommes font les lois à l'image de leurs mœurs, et les mœurs sont le produit hybride de la jouissance et de l'intérêt. Les religions elles-mêmes, immuables dans leurs dogmes, subissent l'empreinte des mœurs au lieu de les réformer. Rendre nos idées et nos actes en harmonie avec les lois naturelles, voilà la question.

Comme Sedaine, mettant en action les sermons de Diderot, M. Alexandre Dumas fait des « philosophes sans le savoir ». La thèse n'est pas dans la bouche de ses personnages; elle est dans les situations. Il leur arrive rarement de discuter eux-mêmes le pour et le contre; mais en posant au public un problème moral, M. Alexandre Dumas oblige chaque spectateur à faire son examen de conscience. Diderot, le créateur du genre, n'était qu'un

moraliste déclamateur ; Sedaine et Dumas
sont des auteurs dramatiques *.

Nous avons dit que Diderot eut, le premier,
l'idée de la tragédie bourgeoise. Il faut, selon
lui, chercher une littérature dramatique qui
soit en rapport avec notre état social, le
théâtre devant être le miroir fidèle de la société. Plus tard, Stendhal reprendra cette théorie, à propos des romantiques et des classiques ; et voici comment il définit les deux
écoles : « Le romantisme est l'art de présenter aux peuples les œuvres littéraires qui,
dans l'état actuel de leurs habitudes et de

---

* Il ne faut pas oublier, en parlant de Diderot et de Sedaine, leur contemporain et leur émule, Sébastien Mercier.
Une des étrangetés de cet écrivain, trop ignoré aujourd'hui,
c'était sa haine pour la nature et pour l'art. Parisien de
Paris, il ne comprenait rien, hors du domaine de l'idée. Jamais il ne se fût extasié, comme Diderot, devant un coin de
paysage, un tableau, une statue. Le chant du rossignol aga-
çait ses nerfs ; et les objets d'art, les vases d'or et d'argent,
les porcelaines de Sèvres, que la postérité enferme avec
tant de soin dans les vitrines des musées, lui semblaient bons
uniquement à servir aux usages domestiques.

Au contraire, on connaît la passion de M. Alexandre Dumas
pour l'art et pour la nature. Il n'a pas écrit des *Salons*,
comme Diderot ; mais il collectionne des chefs-d'œuvre. Ses
maîtres de prédilection, ce sont les Flamands et les Hollandais.

leurs croyances, sont susceptibles de leur donner le plus de plaisir possible. Le *classicisme*, au contraire, leur présente la littérature qui donnait le plus grand plaisir possible à leurs arrière-grands-pères ». Ainsi, les hommes d'une société aiment à se reconnaître dans les œuvres contemporaines. Mais à cette théorie du plaisir dans la ressemblance, Diderot ajoutait l'*utile*. Il espérait tirer, des mœurs licencieuses de son siècle, des éléments féconds de drame, et ramener les hommes au bien par le spectacle de leurs malheurs domestiques, conséquences de leurs fautes ou de leurs erreurs. Or, Diderot s'en tient au manifeste ; ses œuvres ne sont pas à la hauteur de ses doctrines, parce qu'il y manque le principal agent dramatique : l'action. Alexandre Dumas est allé beaucoup plus loin ; il a plaidé à coups de chefs-d'œuvre la cause de la comédie utilitaire et de la tragédie bourgeoise. Faut-il citer le *Demi-Monde*, le *Fils naturel*, les *Idées de M*^{me} *Aubray*, *l'Étrangère*, pour ne parler que des pièces les plus acclamées ?

Plus tard, la postérité, qui aime les aphorismes, écrira sur l'urne funèbre où reposeront les cendres de ce grand penseur et de ce grand artiste :

« ALEXANDRE DUMAS fils : *un Molière évangélisé par Diderot.* »

AUGUSTE VACQUERIE

AUGUSTE VACQUERIE

I

Et je pensais : « Il n'y a plus de cabales. On
ne se bat plus pour *Phèdre* ni pour *Hernani* ».
Je me rappelais ce mot de Nanteuil à Gautier
qui lui demandait trois cents jeunes gens
pour soutenir le succès du dernier drame de
Victor Hugo, les *Burgraves* : « Allez dire à
votre maître qu'il n'y a plus de jeunes gens ! »
Si la jeunesse a encore aujourd'hui, en effet,
ses jours d'orage, ses nuits d'effervescence,
elle ne se rue pas à la porte des théâtres
pour applaudir les drames, fronder les bourgeois et siffler les tragédies. Il arrive parfois

à une bande d'étudiants d'assaillir une bras-
serie et d'en défoncer la devanture; mais
l'Odéon et le Théâtre-Cluny n'ont rien à
craindre de ces explosions juvéniles. Ou bien
une pièce plaît, et l'on applaudit du bout de
ses gants; ou bien elle fait bâiller, et l'on
sort avant la fin. Pas de récriminations, pas
de colères, pas de petits-bancs jetés à la tête
de l'ouvreuse, pas de coups de poings sur le
nez des contrôleurs. Il n'y a que M. Alphonse
Daudet qui ait le privilège de soulever des
tempêtes au théâtre; encore, ce sont des tempêtes dans un verre d'eau, et la politique y
est souvent moins étrangère que l'art.

Je réfléchissais ainsi, mélancoliquement,
sur l'indifférence de nos contemporains pour
les œuvres du génie ou de la sottise humaine,
quand je lus par hasard, dans un journal qui
date de bientôt quarante ans, le compte rendu
orageux de la première représentation de
Tragaldabas. O l'amusante soirée ! C'était
peu de temps après la révolution de Fé-
vrier. Frédérick Lemaître, affolé par les cla-
meurs de la cabale, s'arrêta au milieu de

son rôle et se mit à crier : « Vive la République ! »

Quelques mois plus tard, M. Vacquerie assistait à je ne sais quelle première représentation, une « représentation houleuse », comme on dit en langage de coulisses. Son voisin sifflait comme une fauvette. Dans la grande tempête qui se déchaînait contre la pièce, ce coup de sifflet strident, qui tombait par instants en notes perlées, faisait l'effet d'une voix d'oiseau affolé par l'orage. C'était harmonieux et harmonique : une mélodie de Wagner s'élevant de l'orchestre, à demi voilée par le tapage des hautbois et des cuivres.

— Oh ! comme vous sifflez bien, monsieur ! s'écria M. Vacquerie enthousiasmé.

— Que serait-ce, monsieur, répondit naïvement cet homme qui ne le connaissait pas, si j'avais encore ma bonne clef forée de la première de *Tragaldabas* !

Eh quoi ! M. Auguste Vacquerie, dont je lisais dans le *Rappel* les causeries étincelantes, avait subi au théâtre un échec aussi irrémé-

diable ! Je songeai aussitôt à toutes les pla-
titudes qui s'étalent à la pleine lumière de la
rampe et qui ne soulèvent ni l'indignation ni
le dégoût du public; et je dis en moi-même :
« Il faut donc avoir bien de l'esprit pour être
sifflé ! » Or, je puis maintenant me faire une
opinion sur l'œuvre de M. Vacquerie, car je
viens de lire *Tragaldabas*, dans la riche édi-
tion publiée par l'éditeur Chamerot et illustrée
par Edouard Zier. Ce que l'auteur appelait
autrefois « un drame bouffon » est une ra-
vissante comédie shakespearienne, qui se dé-
roule en pleine fantaisie, loin des situations
banales et des réalités bourgeoises; une œuvre poétique, ailée, amoureuse, où le sourire
se mêle aux larmes, la bouffonnerie au sentiment. Cervantès, Rabelais, Shakespeare
n'ont-ils pas eu leurs heures de gaîté exubé-
rante; n'ont-ils pas confondu le comique et
le tragique dans leurs évocations puissantes
qui sont l'image même de la vie, entrevue à
travers le prisme du rêve ?

II

Auguste Vacquerie est le dernier des romantiques, comme Philopœmen fut le dernier des Grecs.

Nous sommes amené à dire quelques mots de cette époque mémorable, de ce combat légendaire dont M. Vacquerie est un des rares survivants. Comment naquit et s'envenima la querelle? Les romantiques disaient : « Je prends le Beau où je le trouve ». Les classiques ne reconnaissaient d'autre modèle que Racine, d'autre censeur que Boileau. Inquiétés sur le terrain littéraire, ils firent du patriotisme leur camp retranché. Ils combattaient pour les traditions nationales et ils appelaient le romantisme une « invasion germanique ». L'année 1815, qui avait fait de si cruelles blessures au sein de la patrie, devenait pour eux un argument pathétique, qui touchait le cœur, sinon la raison. Le Rhin, c'était l'ennemi. Et l'on osait parler de Gœthe,

de Schiller, de Wieland, de Klopstock, de
Schlegel ! Ce n'était point assez que les émi-
grés eussent ramené avec eux les baïonnettes
prussiennes : il fallait encore qu'ils nous im-
posassent cette littérature allemande, qui
avait si souvent déploré nos victoires et exalté
nos défaites. Richelieu, lui aussi, n'avait-il
pas jadis tenu rigueur à Pierre Corneille,
dont le *Cid* célébrait la valeur castillane au
moment où les Espagnols, maîtres de Corbie,
mettaient en péril les armes françaises ? Il
faut convenir que ces arguments devaient
toucher les irrésolus, les timides, les chau-
vins, qui ne comprennent pas que l'art est
citoyen du monde.

Ainsi, quand les romantiques disaient :
« Gœthe ! Shakespeare ! » on leur répondait :
« Waterloo ! » Et lorsque, en 1823, une troupe
d'acteurs anglais vint jouer *Hamlet* à Paris,
le parterre s'insurgea, une pluie de projec-
tiles tomba sur la scène, et, du milieu des
huées, s'éleva ce cri invraisemblable : « A
bas Shakespeare ! c'est un aide de camp de
Wellington ! » Bien des gens ne crurent pas

à un anachronisme, et le public demeura
persuadé que William Shakespeare avait combattu aux Quatre-Bras, sous le drapeau de
l'Angleterre.

Victor Hugo n'a pas inventé le romantisme ;
il a trouvé la lutte ouverte, mais d'une échauf-
fourée il a fait une révolution. Dès 1818, un
classique obstiné, M. de Saint-Chamans, avait
tiré la première passe ; tous les critiques de
l'école de La Harpe avaient prôné son pam-
phlet, *l'Anti-Romantique*, tombé aujourd'hui
dans le plus parfait oubli, et qui n'a rien pré-
valu contre la préface de *Cromwell*, publiée
neuf ans après. Ainsi Victor Hugo fit succéder l'état de guerre à l'état de représailles ;
il appuya ses théories par des œuvres. Et
quels que soient les archaïsmes, les exagé-
rations, les invraisemblances qu'une critique
voltairienne veuille y relever aujourd'hui,
nous prétendons que les drames de Hugo
ne sont pas seulement des protestations har-
dies, des revendications hautaines, des défis
audacieux : ce sont des *œuvres*, au même
titre que les poèmes dramatiques d'Eschyle

ou les tragi-comédies de Corneille. Certes,
la jeune école a été dure aux anciens; mais,
dans la lutte, peut-on toujours mesurer ses
coups? C'était un duel corps à corps, où
toutes les bottes étaient permises, même les
bottes secrètes. Aujourd'hui les romantiques
ont fait leur œuvre d'émancipation. La liberté étant conquise dans l'art, il n'y a plus
de barricades. Le romantisme, par sa définition même, se condamnait à ne plus être un
parti le jour où il arriverait au pouvoir; il est
donc mort comme école, comme secte, comme
cénacle. Hélas! il n'a pas été remplacé. On
rit beaucoup aujourd'hui des geôliers de
Marie Tudor et des taverniers de la *Tour de
Nesle;* mais qu'a-t-on mis à la place? Ils
étaient, eux, — les Hugo, les Dumas, les Vacquerie, les Meurice, — la génération de l'enthousiasme : nous sommes la génération du
doute; pis que cela, la génération de l'indifférence. Aujourd'hui on ne se bat plus pour
un drame; ce serait du dernier mauvais
goût. Soyez corrects, messieurs !

Il y a, de nos jours, un nouveau type de cri-

tique : le « critique froid ». Celui-là ne connaît ni les haines violentes, ni les enthou-
siasmes passionnés. Franchement, nous
aimions mieux M. de Feletz et M. Nisard,
avec leurs rigueurs dogmatiques. Les sociétés
sont comme les planètes : elles se refroi-
dissent en vieillissant. D'abord nébuleuses, —
l'âge lyrique, — elles passent à l'état incan-
descent ; puis la croûte se forme, surface so-
lide qui gagne insensiblement les profondeurs
les plus cachées : l'âme de la terre ou l'âme
du peuple. Oui, ce nuage d'or, qui s'appelle
l'idéal, se résout peu à peu en une glace
transparente. Alors la littérature devient limpide ; si limpide, qu'on n'y trouve plus la
moindre fantaisie, ni la moindre couleur.
L'arc-en-ciel déteint verse sur le sol ses
gouttes de pluie qui inondent sans féconder.
La poésie elle-même se fait prose, pour avoir
le droit de vivre sous ce ciel prosaïque où
les nuages aux teintes infinies n'amoncellent
plus leurs formes bizarres, leurs masses ora-
geuses ou leurs voiles crépusculaires. Comme
poète et comme critique, M. Auguste Vac-

querie n'est pas de cette école qui a pris pour
devise le *Nil mirari* d'Horace et qui a coupé,
au nom du goût, les ailes de l'inspiration.
Je ne sais si une aube nouvelle éclairera le
XXe siècle ; mais que Dieu garde nos fils de ce
désenchantement qui refroidit nos enthou-
siasmes, glace notre verve et creuse au coin
de notre bouche un pli moqueur ! Quel réno-
vateur nous débarrassera du comique-froid,
du dandy-froid, du critique-froid ? C'en est
assez de ce lunch intellectuel.

III

M. Auguste Vacquerie a placé en Espagne
la scène de *Tragaldabas* et des *Funérailles de
l'Honneur*. L'Espagne, avec ses balcons, ses
jalousies, ses guitares, ses mantilles, ses cas-
tagnettes, ses dagues, ses rosaires, ses légendes mystiques et chevaleresques, est pour
lui une seconde patrie, le majorat inalié-
nable de sa Muse.

Victor Hugo avait étudié l'Espagne dans

Hernani et *Ruy-Blas* ; Musset débuta dans la poésie par des *Contes d'Espagne;* Théophile Gautier a écrit sur ce pays un beau livre et il l'a chanté en plus d'un poème. On peut dire que la terre de Charles-Quint a été la seconde patrie des romantiques. Il ne faut pas oublier, d'ailleurs, que le *Cid* lui-même, le chef-d'œuvre de Corneille, est sorti d'un drame de Guilhem de Castro. Après l'antiquité, qui a été la première pourvoyeuse de notre littérature, le pays des Maures a fourni à nos poètes et à nos artistes un vaste champ d'études. Et cela se comprend. Les Arabes, venus d'Asie au moyen âge, ont apporté à Grenade, à Cordoue, à Séville, à Tolède un art original, qui a introduit de nouvelles semences dans cette sauvage Hespérie. Ce n'était point assez de connaître le Beau classique de la Grèce, qui avait déjà été mis au pillage, imité, défiguré par les poètes et les artistes romains. Il fallait fumer ce sol devenu stérile pour avoir trop produit; il fallait régénérer ce sang par un croisement habile, car les vieilles races latines, s'unissant toujours entre

elles, tombaient d'épuisement, comme ces jeunes princes issus du cousinage, pur-sang éteints qu'une mésalliance aurait régénérés. Aussi, dans notre haras intellectuel, les romantiques ont-ils appelé tour à tour les Maures du Guadalquivir, les Germains des bords du Rhin, les Angles et les Bretons de la Tamise. Calderon, Shakespeare, Gœthe ont été les régénérateurs de l'idée française. Et Victor Hugo a poussé ses branches gigantesques en greffant des rameaux exotiques sur le vieux tronc national.

Mais tandis que Shakespeare et Gœthe sont, dans l'histoire littéraire de leur pays, de lumineuses exceptions, il y a eu au contraire dans l'Espagne du moyen âge un merveilleux épanouissement de littérature et d'art. L'Espagne est aussi le pays de la chevalerie par excellence ; c'est le pays des chansons, des boléros, des amours. Quoi d'étonnant à ce qu'il ait tenté des poètes qui étaient ravis par la grandeur épique de ses légendes, par le pittoresque éclat de ses paysages et le caractère singulier de ses mœurs ?

Tragaldabas, de M. Vacquerie, n'est qu'une
fantaisie amoureuse, un joli caprice d'imagination. Mais quelle verve ! quelle couleur !
quelle originalité exquise ! On fait à chaque
page des découvertes imprévues ; et l'intérêt,
suspendu jusqu'à la fin, conduit à un dénoûment inattendu.

Ce Tragaldabas est un prodige de couar-
dise ; c'est l'antithèse du vaillant Eliseo, un
brave celui-là, un héros de sérénades, qui
sait jouer de la dague comme de la guitare.
Or, Tragaldabas a une cousine, dona Caprina,
qui dit être sa femme pour pouvoir vivre plus
librement. Eliseo, afin de toucher le cœur de
la belle, lui promet de l'épouser si elle devient
veuve ; mais on pense avec quel soin jaloux il
va veiller sur les jours de ce prétendu mari.
Et Tragaldabas, surpris par tant de solli-
tude, s'habitue facilement à la protection
d'Eliseo. De couard qu'il était, le voilà devenu
railleur, insolent, provocateur. Ce Thersite
prend des attitudes d'Achille. Il se paye le
luxe d'un duel avec un fameux spadassin,
Minotoro, dont il a enlevé la maîtresse. Mais il

comptait sans son hôte ; il avait espéré
qu'Eliseo se ferait le vengeur de sa querelle,
et Eliseo qui a tout appris, qui sait désormais
que dona Caprina n'est pas la femme de ce
drôle, lui laisse fendre l'oreille par Minotoro.

IV

Tout autre est le drame en sept actes de
M. Vacquerie : les *Funérailles de l'Honneur*.
Sept actes ! Comme nous sommes loin de la
poétique d'Horace et de l'abbé d'Aubignac !
Cette fois, c'est d'un drame qu'il s'agit, un
vrai drame romantique, avec ses horreurs,
ses frissons, ses épouvantements. La scène se
passe à Séville, au xive siècle, sous le règne
de ce Pedro le Cruel qui rappelle le souvenir
de Du Guesclin et des Brabançons. Le drame
est écrit en prose, d'une main ferme, par un
artiste qui frappe des phrases à son effigie,
comme un souverain frappe des médailles.
C'est une des « données » les plus audacieuses
que je connaisse, après l'*Œdipe* de Sophocle

et la *Phédre* d'Euripide : une mère déshonorée
par ses passions et vengée par son fils — sur
lui-même.

Dona Béatriz de Lara est la maîtresse
de Pierre le Cruel, qui exerce sur elle la
fascination du serpent sur l'oiseau. Pour
tromper son amour, elle fait à ce prince une
vertu de son implacabilité : elle l'appelle le
Justicier, parce qu'il est sévère comme la
Loi et fatal comme le glaive. Béatriz a un
fils, don Jorge, qui, tout jeune encore, vient
de se couvrir de gloire dans la guerre d'Ara-
gon. De retour à Séville, après une absence
de deux ans, don Jorge apprend que sa mère
est déshonorée. On juge de sa douleur. La
sombre mélancolie d'Hamlet n'est rien auprès
de la sienne. Certes, c'est un devoir sacré de
venger l'assassinat d'un père ; mais l'horreur
du crime ne rejaillit pas sur l'enfant. Au contraire, le déshonneur de Béatriz, c'est le
déshonneur de son fils, et rien ne saurait
effacer cette double tache. Jorge conspire,
il est découvert ; et Pierre le Cruel, au lieu
de l'envoyer à l'échafaud, lui laisse la vie.

O malédiction ! Ne plus pouvoir assassiner son ennemi ! Jadis, Caton d'Utique, redoutant la clémence de César plus que sa colère, s'était donné la mort. Que va faire don Jorge ? Il aurait voulu périr sous le glaive du roi, et le roi lui rend la liberté. Peut-il attenter à la vie de celui qui, pour son malheur, lui laisse la vie ? Non, tous les principes chevaleresques s'y opposent ; et aussi l'intérêt du drame, qui exige un dénoûment imprévu. Or, le dénoûment est trop imprévu, peut-être. Il est nouveau, original, d'une excentricité puissante; et le public n'aime pas que l'on dérange ses habitudes, son culte, ses superstitions. « Si j'étais à la place de don Jorge, que ferais-je? » se demande chaque spectateur. Et remarquez que c'est là une question de casuistique, difficile à résoudre. Suivant son tempérament moral, celui-ci répondra : « Je tuerais le roi » ; celui-là : « Je me tuerais »; cet autre : « Je m'éloignerais de la cour et de ma mère, et je m'efforcerais d'oublier ». Ces dénoûments sont les seuls probables; il n'est venu, croyez-le bien, d'autre idée à personne. Or, le

premier expédient — l'assassinat — n'est pas
chevaleresque ; le second — le suicide — n'est
pas original ; le dernier — l'oubli — n'est pas
dramatique. M. Vacquerie a donc voulu trouver autre chose, ce qui fait honneur à son
imagination, mais ce qui déroute un peu l'esprit du public. Don Jorge se retire dans un
monastère, comme Charles-Quint, et là il fait
des funérailles à son honneur ; il descend
dans la fosse un cercueil vide, où tout le meilleur de lui-même est enseveli. Mais cet honneur, qui est un précieux mobile d'action, un
puissant levier moral, se le figure-t-on bien
sous les traits d'un cadavre imaginaire ? Le
public veut *voir* avant de s'émouvoir, et cette
abstraction doit le laisser froid, quelle qu'en
soit la haute portée littéraire et philosophique.
Les *Funérailles de l'Honneur* n'en demeurent
pas moins un des plus beaux drames que
nous ayons lus, car le style y est à la hauteur
de la conception, et toute pensée de succès
facile en est religieusement bannie. M. Auguste Vacquerie a travaillé pour ce théâtre
idéal dont l'avenir est l'impresario.

D'ailleurs, sur le théâtre contemporain, M. Auguste Vacquerie n'a pas connu que des chutes : *Jean Baudry* obtint un éclatant succès ; et cette puissante comédie, qui procède de Regnard et de Diderot, est restée au répertoire du Théâtre-Français.

V

Comme tous les vrais écrivains, M. Auguste Vacquerie n'a jamais sacrifié le style. La forme est souvent génératrice de l'idée ; en s'exerçant à écrire, on s'exerce à penser. Nous voudrions pouvoir citer mainte strophe de *l'Enfer de l'Esprit* et des *Demi-teintes*, mainte page des *Profils et Grimaces* et des *Miettes de l'Histoire*. M. Auguste Vacquerie est en effet un maître écrivain ; mais ce n'est pas un rhéteur comme Isocrate, car il a mis sa verve, son inspiration, son éloquence au service d'une grande cause, celle de la Liberté. Ce démocrate doit paraître, il est vrai, bien arriéré aux anarchistes, aux communistes, aux collectivistes : il croit, avec tous les esprits sages, que l'ordre est le fondement des sociétés ; et il a le courage de le dire, parce qu'il aime le peuple avec le désintéressement des grandes âmes et qu'il n'attend rien de la faveur publique. Le *Rappel*, où il met chaque jour sa pensée, est le défenseur du droit contre l'oppression, de la vérité contre l'erreur, mais non des insurgés contre la loi. M. Vacquerie s'est souvenu des immortels entretiens de Socrate avec son disciple Criton et il y a conformé sa conduite. En politique, le Droit ; en art, le Beau — comme corollaire du Vrai : voilà son évangile.

M. Auguste Vacquerie est, avec M. Paul Meurice, l'exécuteur testamentaire du grand poète dont le monde entier porte le deuil *. La dernière fois que je le vis, c'était au chevet de Victor Hugo. Oh ! comme elle est présente à ma pensée, cette mémorable après-

---

* Le frère de M. Auguste Vacquerie avait épousé Léopoldine Hugo, fille du grand poète. On sait quelle fut la fin malheureuse de ces jeunes époux, qui périrent dans un naufrage en Seine, à Villequier.

midi du lundi de la Pentecôte, où, par une insigne faveur, je fus introduit auprès du mort illustre! Je retrouve dans mes notes quotidiennes, dans mon journal intime, la sténographie de mes impressions :

« Paris, 25 mai.

« . . . .

J'arrive de chez Victor Hugo ; je l'ai vu pâle, endormi, glacé sur son lit funèbre.   -

« La dernière fois que je le rencontrai, il portait solidement ses quatre-vingt-trois ans; il parlait peu, mais son génie et sa bonté se reflétaient dans son sourire. Aujourd'hui, c'est le grand silence, c'est l'immobilité du marbre.

« Je ne sais quelle joie égoïste se mêle à l'émotion douloureuse que j'ai ressentie tout à l'heure. C'est une consolation d'avoir dit adieu à Victor Hugo, d'avoir revu ce visage auguste qui va rentrer dans le néant. Certes, son esprit vivra toujours dans ses œuvres; il a déjà pris place dans l'Olympe, à côté d'Homère, d'Eschyle, de Dante, de Shakespeare, tous les immortels. Mais le corps qui fut l'instrument de ce génie n'a-t-il pas droit aussi à notre vénération? Qui retrouvera la cendre d'Homère? Qui élèvera un autel sur ces reliques sacrées? Or, dans quelques siècles, dans quelques années peut-être, tout ce qui fut matière dans Victor Hugo sera remis au creuset; les molécules se désagrègeront, et ces nobles débris deviendront un limon où le sculpteur mystérieux pétrira des formes nouvelles.

« Aussi, j'ai regardé longtemps les restes mortels du poète, et j'ai moulé ses traits dans mon souvenir.

« . . . .

« Il est quatre heures environ, nous passons devant l'arc de triomphe de l'Etoile, où déjà l'on élève le catalfaque; puis, nous entrons dans l'avenue d'Eylau. Sur les plaques indicatrices le nom de l'avenue est effacé; on va y inscrire celui de Victor Hugo. L'avenue tout entière portera donc le nom du grand

homme ; il sera conduit à l'arc de triomphe
sans sortir de chez lui.

« Nous arrivons au nº 50. Notre voiture,
qui avançait avec peine à travers la foule, va
se garer dans une rue voisine ; car il est dé-
fendu de stationner devant la porte. Sur le
trottoir, à droite et à gauche de la maison,
une foule bien rangée attend : tous ces gens-
là veulent inscrire leur nom sur les registres.
Un sergent de ville garde la porte : la son-
nette lui est confiée, et la consigne est sévère.

« M. Auguste Vacquerie donne au domes-
tique l'ordre de m'introduire. Me voici dans
le grand salon du rez-de-chaussée. Je salue
Mme Lockroy et Mlle Jeanne Hugo, dont les
beaux yeux sont remplis par les larmes. J'ai
le temps de jeter un coup d'œil au portrait
du Maître par Bonnat et à son buste par
David d'Angers. Partout, des couronnes, des
gerbes de fleurs.

« Enfin, on me conduit dans la chambre
mortuaire. Sur son lit à colonnes torses,
Victor Hugo repose, comme une statue cou-
chée sur un tombeau. Mme Glaize, la nièce de

M. Vacquerie, pleure au pied du lit. Georges
Hugo, sur le seuil de la porte, semble attendre
le réveil de son aïeul ; il me tend la main.

« Mais, vous le dirai-je ? la peur m'a pris
entre ce mort et cet enfant. Jamais je n'ou-
blierai l'impression profonde que j'ai ressentie. J'ai pris congé de MM. Lockroy, Vacquerie,
Meurice, Gouzien, Lesclide, réunis dans une
chambre voisine, et j'ai quitté la petite maison où habite pour quelques jours encore
celui qui fut si grand. »

. . . .

M. Auguste Vacquerie était le disciple bien-
aimé du Maître. Victor Hugo disait de lui,
comme le Christ disait de saint Jean : « C'est
en lui que j'ai mis toute ma confiance ». Un
jour, le grand poète, terrassé par la maladie,
sentit approcher sa fin ; et il souriait à la
mort, cette nouvelle épousée.

— Vous vous sentez mieux ? demanda
Auguste Vacquerie.

— Je suis mort, répondit Hugo avec la rési-
gnation des immortels.

— Vous êtes très vivant, au contraire.

— Vivant en vous.

Ce fut une de ses dernières paroles. Et Victor Hugo plane, en effet, sur la vie et sur l'œuvre de Vacquerie, comme une radieuse image de la Muse.

———

LOTTIN DE LAVAL

LOTTIN DE LAVAL

I

Je suivais, il y a trois ans, le convoi de
Jules Sandeau. L'auteur de *Mademoiselle de
la Seiglière* s'en allait modestement, comme
il avait vécu. Ce n'étaient point ces funérailles
bruyantes qui ressemblent à un triomphe, et
qui sont souvent pour les héros de la politique le *De Profundis* de la gloire. La théorie
funèbre s'avançait lentement, dans le silence
des douleurs profondes; partie de l'Institut,
elle remontait l'étroite rue de Seine, et la
foule ne se pressait pas en rangs serrés sur
les trottoirs pour voir ce spectacle si connu à
Paris : l'enterrement d'un immortel. Mais

dans le cortège figuraient tous les grands noms de France, je parle de la noblesse des poètes, des romanciers, des artistes, des philosophes et des savants. Bien jeune encore, à peine échappé de l'école, j'avais demandé à l'amitié d'Arsène Houssaye la faveur de son patronage, et le célèbre écrivain m'avait pris sous sa garde. Ce jour-là, je m'en souviens, le poète des roses pleura des larmes amères ; c'est que, dans cette vieille église de Saint-Germain-des-Prés, la dernière étape de Jules Sandeau avant le sépulcre, il disait le dernier adieu à l'un des compagnons les plus aimés de sa jeunesse.

Avec Hugo, combien il en avait vu tomber autour de lui ! Il évoquait leurs mânes, dans cette antique abbaye tendue de noir, et le mirage de ses vingt ans planait au-dessus du cercueil comme une image consolante sur un tombeau.

Edmond About était notre plus proche voisin ; je ne l'avais encore jamais vu. A sa stature plébéienne et à ce sourire qui reflétait toutes les noblesses et toutes les malices, je

m'expliquai son œuvre. Attentivement je prê-
tai l'oreille quand, se penchant vers Arsène
Houssaye, il lui dit d'un ton étrange :

— Pauvres immortels ! L'Académie est sur
le chemin du cimetière.

Je me suis souvenu de cette parole pro-
phétique en apprenant qu'About était mort
membre de l'Académie française, sans avoir
encore pris place dans le fauteuil de Jules Sandeau, où il devait s'asseoir !

Quand on sortit de l'église, la conversation
se continua entre mes deux voisins illustres.
Comme ils parlaient des écrivains de l'époque
romantique, presque tous disparus, je leur
demandai, moi qui venais de lire les *Truands :*

— Connaissez-vous Lottin de Laval ?

— C'est un ancien, dit Arsène Houssaye.
Il est mort voilà longtemps ; je le rencontrais
autrefois chez Mme de Lamartine et chez
Mme Pankoucke.

— Celui-là a eu la prescience, ajouta
Edmond About. Au lieu de frapper à la porte
de l'Académie, il est venu se loger au Louvre.
Jeune homme, allez au Musée assyrien : vous

verrez les collections qu'il a rapportées d'Asie.
Les livres passent, les inscriptions restent.

Et ce fut tout. Une voiture nous attendait :
je repris avec Arsène Houssaye le chemin des
Champs-Elysées *.

II

Connaissez-vous cette petite ville normande
que Mme de Staël a définie : une chenille dans
une corbeille de verdure? C'est Bernay, assise
dans la prairie, au confluent de trois vallées,
et protégée par une ceinture de collines cou-
ronnées de bois.

J'arrivai à Bernay dans l'automne de
l'année 1883.

La « corbeille de verdure » de Corinne
s'épanouissait ; des nuages nacarat flottaient
sur le fond laiteux du ciel ; la forêt était

---

* Plus tard, le *XIXᵉ Siècle* m'ouvrit sa porte. J'eus ma
place, un instant, dans cette courageuse phalange. Mais la
mort devait frapper About, par derrière, sans que les hasards
de la vie m'eussent jeté une seconde fois sur son chemin.

comme une palette où la pourpre éclatante
des chènes se mêlait à la verdure cuivrée des
sapins.

J'apercevais, sur la crête d'une colline,
une sorte de palais oriental, dressant ses mi-
narets au-dessus de la vallée et montrant sa
façade polychrôme à travers les arbres d'un
parc. Ce fut comme une vision des Mille et
une Nuits, et je demandai quel calife habi-
tait là-haut. On me répondit, avec une parfaite indifférence :

— C'est M. Lottin de Laval.

Cet homme célèbre, jetant un défi à la
gloire, s'était volontairement voué à l'oubli,
et il continuait à travailler avec l'ardeur des
jeunes, pendant que les rares survivants de
son époque le croyaient depuis longtemps
dans le tombeau. Je voulus ardemment le
connaitre, mais je pris un chemin de traverse. A quelque temps de là, M. Lottin de
Laval ayant offert, pour une bonne œuvre
artistique, un tableau et plusieurs moulages,
je publiai dans le *Journal de Bernay* un court
article qui était l'hommage discret d'un in-

connu. Deux jours après, je recevais la visite
d'un beau vieillard, que j'aurais aisément pu
prendre pour un de ces chefs arabes, à la fois
prêtres, guerriers et poètes. Deux grands
yeux noirs, dont la flamme était adoucie par
l'ombre des cils, brillaient dans une face lé-
gèrement bistrée, au galbe oriental, encadrée
par de longs cheveux blancs et par une barbe
fine, taillée en pointe. L'allure était d'un gen-
tilhomme, sans que la distinction des manières étouffât la bienveillance du cœur. Le
noble étranger se nomma : c'était M. Lottin
de Laval. Notre connaissance fut vite faite.
M. Lottin de Laval trouvait un admirateur,
moi je trouvais un ami : j'ose dire que j'avais
le meilleur lot.

O les savantes conversations, les folles
équipées vers le pays du soleil! J'ai visité
l'Arménie, le Kurdistan, la Perse, j'ai vu Bagdad, j'ai vu Schiraz, sans quitter la grande
galerie du château ou l'atelier du maître.

III

Lord Byron, dans le *Pèlerinage de Childe Harold,* maudit l'Angleterre, sa patrie, en lui reprochant d'avoir mutilé les monuments de la Grèce et de l'Orient pour orner ses musées avec les bas-reliefs, les statues, les colonnes, le marbre, le granit, le gypse, l'albâtre : tous les débris de la civilisation antique. La France s'est toujours montrée plus chevaleresque, quoiqu'elle eût au moins un égal sentiment de l'art et qu'elle fût fière de posséder les merveilles d'un autre âge. Mais, le plus souvent, elle respectait les originaux, se contentant de prendre l'empreinte des œuvres dont elle ne voulait point dépouiller leur terre natale. Combien de précieux moulages, au Louvre, dans le Musée des antiques ; combien de *fac-simile* qui donnent l'illusion des modèles, et portent en eux le même enseignement ! Le curieux, l'amateur, qui se promène à travers ces ruines éloquentes sans quitter Paris, songe bien rarement à payer de reconnaissance les hommes qui ont doté la France de tant de richesses accumulées par les siècles ; il ne sait pas au prix de quels sacrifices les savants voyageurs, égyptologues ou assyriologues, ont arraché aux sables du désert les monuments d'un art évanoui. Ici, c'est un sarcophage contemporain de la grande pyramide, plus loin un bas-relief des palais de Persépolis ou de Khorsabad, ailleurs le fronton du temple de la déesse Hathor, ou des inscriptions de Ninive, de Babylone et de Schahpour.

Parmi ces vaillants explorateurs, il en est un dont le nom fit grand bruit de 1847 à 1851 : Lottin de Laval.

A quoi bon avoir découvert les temples d'Isis et de Baal, les obélisques orgueilleux de Sésostris, les bas-reliefs où Nabuchodonosor gravait le souvenir de sa gloire, si le voyageur européen ne pouvait en saisir l'empreinte ? Ou bien il fallait piller le désert, comme les Scénites pillent les caravanes; ou bien il fallait mouler tous ces fragments de

l'antique sculpture orientale. Mais comment
faire des moulages en plâtre, dans un pays
perdu, peuplé d'ennemis ; comment rapporter ces bas-reliefs encombrants, ces mono-
lithes gigantesques qui mesuraient jusqu'à
70 pieds de haut ? Il eût fallu un navire de
l'Etat, une colonie d'artistes, et de nombreux
millions. C'est alors que Lottin de Laval in-
venta la *Lottinoplastie*. Seul, presque sans argent, il parcourut la Chaldée, la Babylonie,
le Kurdistan, la Perse, puis l'Arabie Pétrée et
l'Egypte ; et, à l'aide de son procédé nouveau,
il put rapporter en France des milliers de
monuments dans son modeste bagage de tou-
riste. Ce fut une nouvelle invraisemblable,
mais il fallut bien en croire ses yeux quand
on vit cette collection exposée, en 1847, dans
une des salles du Louvre. L'Académie des
Inscriptions et Belles-Lettres daigna s'émouvoir ; elle vota des félicitations enthousiastes
au hardi voyageur qui avait « enrichi la galerie assyrienne du Louvre, grâce à la fidé-
lité de son procédé de reproduction, ainsi
qu'à ses attentives et courageuses re-

cherches ». L'Etat acquit alors le secret de
la Lottinoplastie ; mais c'était pour le donner
à Fresnel, à qui Mérimée, son cousin, tout
puissant dans les conseils de l'Elysée, avait
fait confier une mission en Asie. Néanmoins,
Lottin de Laval eut son tour, après avoir été
en butte à toutes les tracasseries des demi-
savants que son triomphe empêchait de dor-
mir. A la fin de 1849, il fut chargé d'explorer
la péninsule du Sinaï, dans l'Arabie Pétrée, et
de relever les monuments de toutes les
époques et de tous les styles qui y avaient été
signalés incomplètement par les voyageurs.
Outre de précieux moulages, cette expédition
pacifique nous a valu un volume, *Voyage dans
la péninsule arabique du Sinaï,* qui révèle l'histoire, la géographie, l'épigraphie de cette con-
trée célèbre où les Pharaons avaient fondé des
colonies et où Moïse erra pendant quarante
années à la recherche de la Terre Promise.
C'est le commentaire scientifique de l'Exode,
l'histoire sévère venant au secours de la poésie
biblique pour la contenir et l'expliquer.

Quel que fût le retentissement de ses travaux, Lottin de Laval avait trop vulgarisé ses découvertes pour en garder longtemps le monopole et en recevoir la récompense. Des personnages influents, armés de son procédé, partirent avec la sauvegarde de l'Etat ; son œuvre fut continuée par d'autres, qui devinrent les Amerigo Vespucci de ce nouveau monde. Et l'initiateur, le savant qui avait inventé l'art du moulage, l'archéologue qui avait doté le Louvre au détriment de sa fortune, de sa santé, et presque de sa vie, alla soigner ses douleurs dans un coin de la province, où il se résigna à vivre oublié, dans les consolations de la famille. On devine ce qu'un tel homme dut faire de sa demeure. Lui qui avait habité des palais, il ne pouvait mourir dans une chaumière. Il se mit donc à l'œuvre, construisit un vaste bâtiment en briques, d'architecture orientale, et, lentement, heure par heure, y reproduisit par le pinceau, par le burin, par le modelage toutes ses visions artistiques.

C'est dans cet étrange château de la Normandie que M. Lottin de Laval vit encore aujourd'hui, quoique beaucoup de gens le croient mort depuis vingt ans. C'est là que nous l'avons vu, que nous avons parcouru ses collections, que nous avons étudié cette physionomie originale, cette intelligence supérieure, multiple, infinie, dont nous allons essayer de faire la genèse.

IV

Tout homme a son *ingenium*, ses propensions fatales, une sorte de physiologie intellectuelle. Son cerveau et ses sens sont organisés en vue de certaines fonctions particulières. C'est ce que le vulgaire appelle une vocation. M. Lottin de Laval est né artiste. Mais il y a les artistes de l'art, les artistes de la poésie, les artistes de la science. M. Lottin de Laval commença par la littérature. Avec Victor Hugo, le vicomte d'Arlincourt, Alexandre Dumas, il eut le mérite d'arriver un des premiers dans un genre qui a trouvé depuis bien des imitateurs : le roman historique. Les grandes époques de notre histoire le tentèrent; il en saisissait le caractère pittoresque, étant moins séduit par la psychologie des passions, par la vie intime du cœur, que par les mœurs légendaires et l'archéogie grandiose des siècles disparus. Avide de savoir, de comprendre et de créer, M. Lottin de Laval ne se contenta plus de l'histoire qu'il lisait dans les vieilles chroniques. Quand il fut las de déchiffrer des chartes poudreuses, de parcourir des collections de mémoires depuis Villehardouin jusqu'à Tallemant des Réaux; quand il eut raconté les prouesses de Tancrède de Sicile, les malheurs d'Enguerrand de Marigny, les galanteries de Bassompierre, il voulut étudier l'histoire sur les ruines, écrire des faits que nul Hérodote n'eût racontés, demander aux caractères cunéiformes les secrets d'Artaxerxès, retrouver l'empreinte des pas de Moïse, de Caleb et de Josué dans le sable des déserts arabiques. Il partit pour l'Asie-Mineure ; il vécut pendant plusieurs années de la vie orientale. Simple ambassadeur de la science,

il donnait audience, sur les ruines de Babylone ou de Ninive, à tous les souvenirs du
passé. Quelle évocation, depuis Nemrod jusqu'à Xerxès, depuis Omar jusqu'à Haroun-al-
Raschid ! La civilisation ancienne était là. Et
à deux pas de la motte de terre recouvrant
le tombeau oublié de Sémiramis, Bagdad sur-
gissait avec toutes les féeries du moyen âge,
avec ces palais qui sont encore des chefs-
d'œuvre de dessin et de couleur, caprices de
la pierre et du pinceau, arabesques folles,
dômes en émaux étincelants où le soleil
étendait sa patine d'or *.

Si M. Lottin de Laval avait été un savant
vulgaire, un démolisseur de ruines, un ter-
rassier qui bouleverse les tumuli, comme les
enfants cassent leurs jouets, pour voir ce
qu'il y a dedans, nous n'aurions point pour
lui la même sympathie, disons mieux : la

---

* La galerie assyrienne du Louvre compte 134 monuments
rapportés par M. Lottin de Laval de sa première mission. La
galerie égyptienne en compte 282, recueillis par lui dans la
presqu'île du Sinaï et dans l'Egypte moyenne : ce qui fait
416 pièces, auxquelles il faut ajouter 387 inscriptions relevées
par le même voyageur : en tout, près de 800 monuments.

même admiration. Mais le savant n'était pas
un détrousseur qui creuse les tombes pour y
trouver un anneau d'or oublié à la phalange
décharnée d'un cadavre ; c'était un artiste,
un poète amoureux du beau, et qui voulait,
en remontant le passé, se retremper aux
sources éternelles. Le connu lui semblait
fade ; les musées encombrés de touristes qui
s'en vont, un guide à la main, admirer sur
commande des chefs-d'œuvre qu'ils ne comprennent pas, l'ennuyaient comme des mélodies trop rebattues que l'orgue de Barbarie
a traînées dans le ruisseau. Il lui fallait des
sensations nouvelles, des sentiments ignorés,
des jouissances imprévues. Le Beau a ses raf-
finés, comme l'amour.

Et ceci fera l'effet d'une fable, contée par
Scheherazade dans ses mille et une nuits en-
chanteresses. On ne croira pas que Lottin de
Laval a tout appris — ou plutôt tout de-
viné — pour arriver à comprendre l'incom-
préhensible, c'est-à-dire à pénétrer les secrets
de l'Orient, où nul ne l'avait initié. C'est
pourtant un chapitre véridique de sa vie in-

vraisemblable. Il étudia les langues sémi-
tiques, il se fit assyriologue pour avoir le
droit d'habiter en sultan le palais des **Pagra-
tides**, d'errer sur les ruines désolées de **Tad-
mor** et de réveiller quarante siècles d'histoire qui étaient les archives inexplorées de
la civilisation. Qu'il consulte la Bible ou Hérodote, qu'il demande à la terre les vestiges
de l'empire assyrien ou qu'il contemple
l'œuvre des califes, encore debout : c'est toujours l'artiste inassouvi, qui traverse, comme
Platon, la caverne de la science, pour arriver à la lumière de l'idée. Car la science
ne fut pour M. Lottin de Laval qu'un instrument. Il comprit, dans sa haute métaphy-
sique, que la matière n'est pas une fin, que
le langage n'est qu'une expression de la pensée, que l'architecture n'est qu'une traduc-
tion de l'idéal plastique, un décor superbe,
une fantaisie de l'imagination ; il comprit
que la linguistique, l'épigraphie, toutes les
classifications ardues, ne sont que des procédés, des tentatives dont le but est au delà,
des phares éclatants qui doivent éclairer les

profondeurs de l'infini. Malheur à celui qui
regarde paresseusement tourner le foyer de
lumière, heureux d'avoir allumé une flamme
et ne voyant rien dans l'atmosphère rayon-
nante de cet astre ! Il a travaillé pour les
autres : car, au-dessus de la science, il y a
l'art ; au-dessus de la grammaire, il y a la
poésie ; au-dessus de l'homme, il y a Dieu.

V

M. Lottin de Laval a suivi cette progression
naturelle. La troisième phase de sa vie est
consacrée à l'exercice de l'art, dont il avait
le génie, et dont il a pu, à loisir, apprendre
toutes les formules en passant à travers le
monde. Il peint, il sculpte, il grave, il cisèle ;
il possède la variété dans le talent, comme
les grands artistes de la Renaissance, qui dé-
daignaient orgueilleusement les spécialités.
Tous les arts plastiques ne sont-ils pas frères?
L'esprit de l'un n'est-il pas l'esprit de l'autre ?
Pauvres pygmées, qui croyez aujourd'hui être

des artistes parce que vous dessinez une académie ou que vous étendez sur une feuille de
papier de pâles couleurs d'aquarelle! Les tableaux de M. Lottin de Laval suffiraient à sa
gloire. Mais visitez sa magnifique demeure;
entrez seulement dans l'église Sainte-Croix
de Bernay, contemplez la superbe pierre
tombale dont il a si généreusement doté le
pays et où il a résumé tous ses dons d'artiste *. N'est-ce pas qu'il y a, par le monde,
cent personnages dont la renommée obscur-
cit sa gloire, et qui n'auront pas mérité,
comme lui, les bandelettes de l'immortalité?

* Pierre tumulaire de Guillaume d'Auvillars, vingt-sixième
abbé du Bec (1399-1418). Cette pierre, qui était l'œuvre d'un
imagier du commencement du xv° siècle, Jean de Chambray, fut mutilée à la Révolution. M. Lottin de Laval l'a
regravée au trait; il en a reconstitué la tête et les mains; il
a doré et enluminé les vêtements épiscopaux; il a enchâssé
dans la mitre et la crosse des perles, des émaux et des
pierres précieuses; il a gravé, sur des lames de cuivre in-
crustées dans la pierre, l'inscription gothique qui recélait les
noms et qualités du défunt. En un mot, M. Lottin de Laval,
en reconstituant, avec toute la magie de l'art, l'œuvre mutilée de Jean de Chambray, en répandant l'or, la couleur et
les pierreries sur cette dalle fruste où il avait dû d'abord
faire courir le burin, a retrouvé un art aujourd'hui perdu :
la polychromie du moyen âge.

Nous ne voulons pas dire que le siècle soit injuste et que M. Lottin de Laval doive être classé dans la phalange des incompris. Les illustres amateurs de tableaux connaissent ses toiles, les lecteurs de 1830 connaissent ses romans, l'Institut de France connaît ses découvertes. Et si le nom de Lottin de Laval semble être rentré dans l'oubli, c'est que le vieil artiste a renoncé volontairement aux voluptés amères de la gloire. N'a-t-il pas eu raison de penser que les hommes heureux n'ont point d'histoire ? Il a travaillé, sans relâche, loin des journaux et des expositions publiques ; quand il vient de terminer une œuvre nouvelle, il n'envoie point une note indiscrète à quelque publiciste bavard. Sans souci de l'heure présente, il dédie ses œuvres au Lendemain. L'Avenir, voilà son légataire universel. Ce qu'il veut avant tout, c'est jouir de son bien, peindre, ciseler, bâtir ; aurait-il le temps de tout faire s'il courait les cercles et les antichambres ? Quelques admirations d'élite, jointes à la gloire bruyante de son passé, lui suffisent. Il passe son temps à or-

ner sa demeure, à retrouver chez lui, dans
ses salons, dans ses divans, dans ses mou-
charabyés, les horizons parcourus aux heures
vaillantes de la jeunesse.

Comme les empereurs, il travaille pour sa
maison.

ALEXANDRE PIEDAGNEL

ALEXANDRE PIEDAGNEL

Sainte-Beuve parlant de M. Alexandre Piedagnel disait un jour : « Il cherche le mot et
non la phrase, et, l'émotion atteinte, il s'arrête, trouvant que la page finit là ». Ce sera
l'épigraphe de cette étude, consacrée à un
homme dont le nom n'est peut-être pas aussi
populaire que celui des romanciers feuilletonnistes, mais qui s'est acquis dans les lettres
une gloire honorable, appelée à lui survivre.
La sobriété, — que Prosper Mérimée appelait
la première qualité de l'écrivain, — c'est-à-
dire le souci de la perfection, la délicatesse
de la pensée, le tour artistique de la forme :
voilà les principes auxquels les vrais poètes
et les vrais prosateurs sacrifient la renommée

tapageuse, la fécondité malsaine, les entreprises commerciales, et ce suffrage insultant
de la foule qui ne comprend rien aux œuvres
d'art. Les éditeurs n'affichent pas en leur honneur de larges placards illustrés ; les directeurs de journaux ne fondent pas sur eux des
espérances à l'époque critique des réabonne-
ments ; on ne voit nulle part leur nom en
vedette. Mais sur les rayons discrets d'un
bibliophile, on est certain de trouver leurs
livres, en bonne compagnie, sous la reliure
maroquinée où ils se drapent, comme des rois
de la pensée que l'on couche dans un man-
teau de pourpre à l'heure du dernier sommeil.

La première fois que je vis M. Alexandre
Piedagnel, c'était au Théâtre-Français — en
1872, je crois — un soir de première représentation. Il occupait le fauteuil de Jules
Janin. Ce souvenir se perd dans le vague de
mon enfance, et je n'ai rien gardé de la pièce
que le titre, car pour moi le spectacle était
plutôt dans la salle, où s'étaient donné ren-
dez-vous, ce soir-là, les critiques célèbres du

temps : Théophile Gautier, Albéric Second,
Xavier Aubryet, Paul de Saint-Victor, sans
parler du Tout-Paris de la politique, de la
littérature et des arts. Quel était donc cet
homme jeune encore, — à la tournure mili-
taire, aux allures franches et vives, aux traits
finement dessinés, avec une pointe de malice
dans l'expression, comme un médaillon du
xviiie siècle, — qui siégeait dans le fauteuil
où Jules Janin, retenu chez lui par la goutte,
ne pouvait venir s'asseoir? C'était le secrétaire
intime de l'ermite de Passy, son disciple fer-
vent et son collaborateur.

Vous vous souvenez de ces feuilletons du
lundi qui, pendant près d'un demi-siècle,
firent la fortune du *Journal des Débats*. A
propos des pièces nouvelles, Janin brodait
d'admirables fantaisies. Si, le soir de la
« première », il s'était attardé au foyer, son
imagination suppléait à sa vision, et il écrivait des pages charmantes où le souvenir des
lettres grecques et latines jetait un rayon de
soleil sur les plus ternes sujets. C'est de lui
que l'on pouvait dire, en s'inspirant du vers

d'André Chénier : « Sur des drames nouveaux,
il fait des feuilletons antiques ». Si antiques
qu'ils fussent, et à cause de cela peut-être, les
feuilletons de Jules Janin n'ont pas vieilli.

Or, le génie est une lumière qui s'éteint à
force de briller. Avec l'âge, le corps s'affaiblit,
les ténèbres descendent autour de l'intelligence, et le nom d'un grand homme survivant à son talent n'est plus qu'un crépuscule
qui jette encore une lueur de gloire après
le coucher de l'astre. Ainsi Jules Janin fut
frappé quelques années avant sa mort. Mais
les hommes de lettres ne se reposent jamais.
Comment se résigner au silence quand on a
tenu sous le charme, pendant cinquante ans,
plusieurs générations de lecteurs? Cette retraite eût hâté sa fin, et si, comme Charles-
Quint, il s'était couché vivant dans son cercueil, il ne se fût point réveillé. Heureusement
Jules Janin avait pour ami de la dernière
heure un homme qui, après avoir rempli des
fonctions importantes dans la marine, s'était
voué platoniquement au culte des lettres :
M. Alexandre Piedagnel. Quoiqu'il se fût déjà

fait connaître par de nombreux travaux per-
sonnels, le jeune officier qui arrivait du
Mexique, où il avait gagné la croix d'honneur,
fit à son vieux maître, à son illustre ami,
l'hommage discret de son talent. Je ne sais
pas au juste quelle part M. Alexandre Piedagnel a prise aux dernières œuvres de Jules
Janin. Il ne voulut jamais paraître s'en attri-
buer le mérite ; mais tous ceux qui ont vécu
dans l'entourage du bon J. J. connaissent cette
pieuse collaboration. M. Armand de Pontmar-
tin écrivait, dans la *Gazette de France,* au lendemain de la mort du grand critique : « Comment parler des auxiliaires, des consolateurs
de Jules Janin, de ceux qui l'aidèrent à travailler encore quand il ne vivait presque plus,
sans nommer M. Alexandre Piedagnel ? »
Et il ajoutait : « Ecrivain et poète distingué,
il nous doit un livre sur l'homme dont il a recueilli les dernières pensées, adouci les derniers moments, rédigé les dernières dictées ».
M. Alexandre Piedagnel a écrit ce livre, fidèle
et charmante étude où Jules Janin revit tout
entier.

Rien n'est plus touchant que de l'entendre
parler, encore aujourd'hui, du temps passé
au châlet de Passy, en compagnie de l'ami
d'Horace. Il aime à s'entretenir avec moi de
son cher J. J., parce qu'il sait que, dans le
cimetière où le maître repose, quelqu'un con-
nait encore le chemin de son tombeau.

M. Alexandre Piedagnel habite, à Neuilly,
un petit ermitage dont Mme Piedagnel fait les
honneurs avec une bonté et une distinction
parfaites. C'est un véritable musée encombré
d'œuvres d'art et de bibelots. On y trouve à
chaque pas le souvenir de Jules Janin : ici son
fauteuil, là son portrait avec cette dédicace
écrite d'une main tremblante :

> Abrite, ô mon complice, en ton logis ami,
> Ce goutteux par les ans tout courbé, tout blanchi.

Sur les murs aux élégantes tapisseries, on
voit, parmi une foule d'œuvres intéressantes,
plusieurs toiles et dessins de J.-F. Millet, le
peintre des *Moissonneuses,* dont M. Piedagnel
fut aussi l'ami et l'historiographe. Il a écrit
un charmant volume, les *Souvenirs de Barbi-*

zon, sur la vie intime de ce grand artiste épris de la nature et qui la brutalisa même parfois pour l'avoir trop aimée.

M. Alexandre Piedagnel, qui est un poète de race, a publié trois recueils de vers : *Avril, Hier* et *En Route.* Ce dernier vient de paraître chez Fischbacher, richement édité, comme toujours. Quelle jeune et fraîche inspiration ! M. Piedagnel a étudié les poètes du xve et du xvie siècle ; il en a la grâce, la simplicité, la malice gauloise, et cette suavité qui faisait de Ronsard un si charmant rimeur quand sa muse, oubliant le grec et le latin, daignait parler la bonne « langue françoyse », défendue par Du Bellay et illustrée par Villon. Chacun de ses sonnets vaut un poème, nous pourrions dire un tableau, *genre* ou paysage, car ils ont la rigueur des lignes et l'éclat du coloris. Citons au hasard quelques pièces dans ce dernier volume : AU POULIGUEN (à Pierre Loti) ; NOCES DU SAMEDI (à Gustave Nadaud) ; RONDEL (à Léon Tyssandier) ; la MARQUISE, MARCHÉ DE CAMPAGNE, la CÔTE SAUVAGE, etc.

Nous ne ferons point la nomenclature des

œuvres en prose de M. Alexandre Piedagnel. Collaborateur de la *Revue de Paris,* du *Nain jaune,* du *Figaro,* du *Gaulois,* de l'*Artiste*, il a réuni en quelques volumes ses récits, ses contes, ses fantaisies, ses études littéraires. Il faut pourtant mettre hors de pair ce beau livre sur les *Ambulances de Paris,* qui est comme la revanche du patriotisme humilié mais non vaincu.

M. Piedagnel a publié des préfaces exquises pour des éditions de luxe de Bernardin de Saint-Pierre, de Cazotte, de Favart, de Xavier de Maistre, d'Hégésippe Moreau. Tout cela est marqué au bon coin; Sainte-Beuve en faisait le plus grand cas, et l'Académie française a décerné deux prix à ce fin lettré *.

* Voir dans la *Littérature française*, du colonel Staaff, une curieuse lettre écrite par Sainte-Beuve à Alexandre Piedagnel, à propos de son poème sur Henri Murger. — Ces *Leçons de littérature*, que notre ami le colonel Staaff, aide de camp de S. M. le roi de Suède, a dédiées à la France, sont peut-être l'ouvrage le plus intéressant qui ait été entrepris sur les auteurs contemporains. Nous en recommandons la lecture aux jeunes rhétoriciens confinés dans l'étude du siècle de Louis XIV. Le colonel Staaff m'écrivait, le 25 décembre 1882 : « Nos élèves de l'Académie de Carlberg connaissent mieux que vous tous les écrivains français de ce siècle; car nul n'est prophète dans son pays. Les Français sont presbytes: ils ne voient que de loin »

L'auteur de *En Route* est un dilettante.
Comme le poète de Tibur, il possède cette
aurea mediocritas qui affranchit l'homme de
lettres de la servitude. C'est l'ami de la nature, des réunions intimes où l'on parle d'art
et de poésie, l'écrivain qui aime ses aises et
qui, respectueux en face de l'inspiration
comme devant une femme, attend toujours
qu'elle lui tende la main. C'est ainsi que les
grandes œuvres ont été faites, dans un paisi-
ble enfantement. Combien d'hommes illustres,
que leur renommée ou leurs besoins obligent
à produire, et qui font métier d'esclave! Ils
tournent chaque jour la meule, sous le fouet
de la misère, sans avoir le droit de s'arrêter
un instant pour se recueillir et pour rêver.
Leur imagination est bien musclée; ils en
sont fiers, comme un athlète qui montre à la
foule ses biceps noueux. Mais ils exercent
leurs forces sans nourrir leur sang. Il faut à
la pensée ses heures de réfection et de repos:
l'étude est la manne de l'esprit, la rêverie en
est le sommeil.

Que reste-t-il de cette mouture incessante

où il y a plus d'ivraie que de bon grain ?
Rien : des œuvres séniles que le nom d'un
écrivain recommande pour une heure; des
œuvres viagères disparaissant, comme une
petite rente qui s'éteint, quand l'auteur descend dans le tombeau. Où sont les in-folios
de Pétrarque, les romans interminables de
l'abbé Prévost, les encyclopédies de Lamartine ? La postérité ne conserve que les *Sonnets,*
un soupir; *Manon,* un aveu; les *Méditations,*
un sanglot. Et parmi les vivants, combien de
glorieux dont l'avenir n'embaumera pas le
cadavre! combien de pharaons laissés à la
poussière des tombes, et qui n'auront pas
même les bandelettes de l'immortalité !

Il y a des écrivains de mérite, qui travaillent pendant cinquante années, artisans labo-
rieux : le succès daigne quelquefois leur jeter
en passant un modeste salaire; ils prodiguent
leurs forces, mettent courageusement le doigt
sur les plaies de leur cœur, ouvrent leurs
veines pour répandre dans l'œuvre écrite le
flot de la vie. Pauvre homme! tu as découpé
et relié ton existence en vingt volumes; tu t'es

interdit pendant cinquante ans le plaisir de
lire, — la joie de ceux qui n'écrivent pas; —
tu n'as jamais pu fermer l'œil intérieur ouvert
sur ton âme, parce que c'est ton métier d'ob-
server et non de jouir. Devant un beau clair
de lune, tes sens n'étaient pas épanouis; tu
te tenais debout, un carnet à la main, prêt à
décrire ce que tu voyais et ne sentais pas.
Nouveau Faust, tu traînais partout ta science,
ton horrible science que je vendrais pour une
heure d'amour. Parfois, il est vrai, ton nom
était cité avec éloges; une bouffée d'encens
grisait ton cerveau et lui donnait des visions
de gloire. Hélas! tes livres bien-aimés, lus
par une génération, iront rejoindre chez les
petits-fils de Barbin ceux qui y sont enfouis
sous la poussière des siècles. Il restera de toi
ce qu'il reste d'un papillon que l'épingle mor-
telle a fixé sur le liège : une étiquette — et
une aile brisée — dans la classification universelle. Ah! ceux dont la postérité chante
les vers ou redit la prose sonore, ceux-là
n'ont pas perdu la poudre diamantée qu
scintillait sur leurs ailes. La mort n'est pour

eux que le passage qui conduit à la gloire,
comme la nuit qui assombrit le ciel pour ramener ensuite un jour plus beau.

Une fois, chez M. Alexandre Piedagnel, nous
lisions à haute voix une curieuse page des
Menagiana, où le vieux maître de Mme de Sévigné se fait le défenseur des romans qui
avaient charmé sa jeunesse : « Ceux qui blâ-
ment la longueur des romans de Mlle de Scudéry, écrivait Ménage, font voir la petitesse
de leur esprit... » M. Piedagnel s'arrêta sur
ce mot qui eût fait bondir Despréaux :

— Mon enfant, me dit-il, n'écrivez jamais
d'ouvrages en dix volumes.

— Pourquoi? lui demandai-je.

— Parce que c'est trop lourd à emporter
quand on s'en va. Caron n'aime pas les gros
bagages.

FRANCISQUE SARCEY

FRANCISQUE SARCEY

« J'ai fait deux métiers dans ma vie : celui
de professeur et celui de journaliste, auquel
j'ai joint, comme annexe, celui de conféren-
cier. » C'est ainsi que M. Francisque Sarcey,
dans ses *Souvenirs de jeunesse*, résume lui-
même l'histoire de sa vie. Son « métier »,
depuis l'apprentissage jusqu'à la maîtrise :
voilà en effet toute son histoire. Il eut pour
père un chef d'institution, comme si la nature
voulût le consacrer à l'étude dès le berceau.
Depuis, il a vécu penché sur les livres, comme
un forgeron sur l'enclume : au lycée, à
l'Ecole normale, dans l'enseignement et dans
la presse. Il y a des destinées plus brillantes,
il n'y en a pas de plus utiles. Sarcey est un

travailleur et il s'en honore. Il a conté allè-
grement dans ses *Souvenirs* les années la-
borieuses de sa jeunesse et cette vie intérieure, méditative, dont son caractère et sa
nature physique lui faisaient une nécessité.
Affligé d'une extrême myopie, il avoue volontiers être peu sensible aux beautés de la
nature. Ne pouvant admirer le monde extérieur, il s'est donc renfermé en lui-même.
Nosce te ipsum! Et pourtant il y avait en lui
un observateur. On trouve dans quelques-uns
de ses livres, dans *Etienne Moret*, dans le
Piano de Jeanne, des peintures d'intérieur, des
traits de physionomie que Balzac n'eût pas
désavoués. Mais il excelle surtout dans les
caractères, grâce à cette patiente étude psychologique dont il fut l'auteur et le sujet.
Pour un tel homme, la vie sociale dut être
une charge, une distraction inopportune qui
le tirait de son rêve. La faiblesse de sa vue,
en lui causant plus d'une méprise, augmen-
tait sa timidité et, disons le mot, sa sauva-
gerie.

Je ne raconterai pas ses vicissitudes au

sortir de cette Ecole normale où il connut
About, Taine, Prévost-Paradol, toute une légion de futurs grands hommes. Qui oserait
reprendre en sous-ordre ce qu'il a si bien
narré dans ses *Souvenirs*? Passant d'une
classe à une autre, d'un lycée à un collège,
d'un collège à un lycée, il était traqué par
l'administration qui, en ce temps-là, ne tolé-
rait pas, à ce qu'il paraît, un esprit frondeur
et une vaillante franchise. On comprend
qu'après toutes ces misères, Sarcey soit devenu
un ennemi acharné de l'Empire. Un jour,
entre autres mesures vexatoires, une circu-
laire du ministre de l'Instruction publique
donna l'ordre aux professeurs de couper
leur barbe. L'Université, dans sa noble indé-
pendance, était alors hostile au gouvernement, et le ministre crut sans doute que
l'esprit d'opposition résidait dans la barbe,
comme la force de Samson dans sa chevelure.

Je ne sais quel démon le poussant, Sarcey
fonda à Grenoble, où il enseignait la philosophie, le *Courrier des Alpes*. Puis, disant adieu
à l'Université, *alma parens*, qui était une

marâtre à cette époque, il vint se jeter à
Paris dans la grande mêlée littéraire et politique. Le voilà rédacteur à l'ancien *Figaro*,
puis à l'*Opinion nationale*. Tout cela est déjà
bien loin de nous. Notre génération se souvient surtout de sa longue et brillante collaboration au *XIXᵉ Siècle*, à laquelle la mort
d'About devait mettre un terme prématuré.
Aujourd'hui, Francisque Sarcey répand son
jugement et son esprit dans ses chroniques
de la *France* et de l'*Estafette*, dans son feuilleton dramatique du *Temps*, dans sa critique
littéraire de la *Nouvelle Revue* et dans ses
conférences de la salle des Capucines. On dira
plus tard « la Main de Sarcey » comme on a
dit « la Main de Fontenelle ». Cette main-là est
pleine de vérités; mais il n'hésite pas à l'ou-
vrir.

Il faut au moins citer un des ouvrages les
plus célèbres de Sarcey : *le Mot et la Chose*,
charmant volume de philologie, qui ouvrirait
à son auteur les portes de l'Institut, si les
académiciens se souciaient sérieusement de la
Grammaire et du Dictionnaire.

M. Sarcey, avec une modestie qui a bien sa
fierté, a donné lui-même la définition de son
talent : « Un pédadogue au bon comme au
mauvais sens du mot. Cela sonna comme une
nouveauté ; on cria de toutes parts au *pion*,
mais ce pion était quelqu'un ».

Le mot de pion est injuste ou insuffisant ;
il marque bien la méthode des articles de
Sarcey, mais il n'en dit pas le charme fami-
lier, ce laisser-aller apparent, ce style voltai-
rien « qui colle à la pensée comme un habit
bien fait ».

Si j'avais à caractériser d'un mot Francisque Sarcey, je dirais que c'est un « épistolier »;
non pas un épistolier comme Voiture, qui
écrit pour dire qu'il n'a rien à dire, mais un
philosophe et un critique qui donne, sous
forme de lettre, la substance de sa pensée.
Son correspondant, ce n'est ni M. de Pom-
ponne, ni le chancelier d'Aguesseau, c'est le
public. Mais voyez les autres écrivains :
comme ils sont loin de leurs lecteurs ! Ils en
sont séparés par le *style*, c'est-à-dire par la
pose littéraire.

Or, il faudrait s'entendre sur ce mot de style. C'est ici la préoccupation exclusive de la forme, la mise en scène des idées, la magie des mots. M. Francisque Sarcey a du style, puisqu'il écrit la pure langue française; il pourrait, tout comme un autre, échafauder des périodes, mais il s'en gardera bien, parce que ce n'est pas un artiste, c'est un penseur. D'ailleurs, ni métaphysicien, ni psychologue. Il croit que le bon sens doit gouverner le monde et il se fait l'apôtre de cette philosophie pratique que l'on pourrait appeler l'art de la vie. On lui a reproché d'être un peu positif, on lui a reproché d'être bien portant; or, n'avons-nous pas eu assez de Don Quichottes, de Werthers, de Manfreds, qui pleuraient sur le vide de leurs idées et le néant de leurs rêves? La vérité ne proscrit pas l'idéal, mais elle le dirige. Platon, qui aimait le Beau, ne le définissait-il point « la splendeur du Vrai »?

Voilà pourquoi M. Francisque Sarcey, qui n'est pas rebelle à l'enthousiasme et qui loge dans un coin de son cœur ses dieux littéraires, ne se croit pourtant pas obligé de faire du paradoxe pour intéresser ses lecteurs. Son esprit est une arme de combat et non point une de ces épées de parade que l'on fait tourner en moulinet au-dessus de sa tête.

Je sais bien que Pascal a dit : « Vérité en deçà des Pyrénées, erreur au delà ». Mais ce n'était qu'une boutade de misanthrope, le cri de révolte d'une conscience qui arrive au scepticisme par le chemin de la foi. Il y a heureusement des vérités éternelles, contre lesquelles les climats et les latitudes ne peuvent rien.

Or, dans cette multitude d'événements qui surgissent chaque jour, dans ce fourmillement d'erreurs qui se propagent, dans cette vénalité des éloges, dans cette âpreté des blâmes, il faut faire la part de la raison. S'agit-il d'une pièce nouvelle ? Combien d'intérêts différents sont en jeu ! D'un côté la caisse du directeur, la gloire de l'auteur et la vanité des artistes ; de l'autre la bonne foi du public et le respect de l'art. Et maintenant, le lendemain de la *Première*, rédigez un feuilleton, c'est-à-dire un jugement, et soyez juste.

C'est là le rôle de Sarcey, en politique comme en littérature. Il ne craint pas de passer pour un Joseph Prudhomme auprès des cerveaux creux qui ne rêvent que l'impossible et l'invraisemblable. La postérité lui rendra cette justice : c'est qu'il aura exercé sur son temps une sage influence. Il est le conseiller intime de toute une génération, un conseiller qui ne trompe jamais. Le comte de Kératry disait à madame Sand à ses débuts : « Au lieu de faire des livres, faites des enfants ». M. Sarcey fait mieux que des œuvres, il fait des hommes.

Aussi comme son public l'aime ! On reçoit la *Revue* ou le *Temps* des mains du facteur, comme on recevrait la lettre d'un ami. Et c'est bien ce tour épistolaire, cette simplicité savante, cette familiarité délicate où s'absorbent les qualités du publiciste.

A force d'art, l'art lui-même est banni.

Jules Janin et Paul de Saint-Victor, ces deux maîtres du feuilleton dramatique,

étaient l'antithèse de Francisque Sarcey. La
pièce qu'ils jugeaient leur importait peu ; ils
parlaient autour de leur sujet, quand le sujet
ne valait pas qu'on s'y arrêtât. Mais que de
belles phrases dépensées en pure perte ! Il
manque à cette brillante orchestration une
mélodie, c'est-à-dire un poème. L'oubli où
sont tombées, pour la plupart, les pièces de
ce temps-là a tué les chefs-d'œuvre d'inter-
prétation de ces critiques qui se croyaient
créateurs. Quand l'arbre est arraché, adieu
boutons frais éclos ! adieu corolles diaprées !
Eh bien ! Jules Janin, Théophile Gautier,
Saint-Victor ont souvent répandu les fleurs
de leur esprit sur des branches malades. Et
voilà pourquoi on ne les lit plus.

Lira-t-on davantage Francisque Sarcey dans
vingt ans ? (Je ne parle que de ses feuilletons,
car il a écrit dans un autre genre des œuvres
durables.) Non ; Sarcey passera comme les
autres, mais avec la consolation d'avoir
guidé le jugement de ses contemporains,
d'avoir gourmandé les auteurs, les directeurs,
les acteurs et le public, d'avoir en un mot

formé les mœurs et le goût de sa génération.

Il a fait la guerre à l'opérette, il a fait la guerre à la pornographie ; et le voilà vainqueur aujourd'hui, car le public écœuré a lui-même brûlé ses dieux. Les théâtres du boulevard ferment leurs portes, tandis que les Français, l'Odéon, tous les théâtres de comédie, n'ont jamais été aussi florissants.

Ne croyez pas au moins que Sarcey soit un esprit chagrin. Il a lu les maîtres conteurs du moyen âge et il s'y est esbaudi. La gaîté n'est-elle pas la santé de l'âme? Les gens moroses sont des malades, des névropathes qu'il faut plaindre et guérir. Quant à les admirer, c'est difficile dans le pays de Molière.

Or, certaines dames aux lèvres pincées ayant fait à M. Sarcey une réputation de gauloiserie, ce fut, l'année dernière, une révolution dans la bonne ville d'Evreux quand on apprit que Francisque Sarcey allait venir y faire une conférence. Voir le grand écrivain, c'eût été une bonne fortune ; mais pouvait-on décemment conduire des jeunes filles en un pareil lieu ? Les dames de la ville se réunirent, sous prétexte d'une œuvre de charité, et elles commencèrent l'éreintement en règle du critique. L'une avait lu, dans un de ses articles, le mot « blaguer » en toutes lettres; l'autre y avait souligué un de ces mots qui étaient du lexique de leurs grand'mères, mais qu'on ne prononcerait plus aujourd'hui sans rougir. Bref, on décida que les « jeunes personnes » resteraient, ce soir-là, à la maison. Le soir venu, Sarcey parla, avec une bonhomie cousue de malices, de Beaumarchais et du théâtre au xviiie siècle. Toute la salle était sous le charme; on trépignait. Il fallut convenir que l'esprit et les convenances pouvaient marcher de compagnie. Et si jamais Sarcey revient à Evreux,

La mère en permettra *l'audition* à sa fille.

La première fois que je rencontrai M. Francisque Sarcey, c'était dans le cabinet du secrétaire de la salle des Capucines, un soir de conférence. Sarcey, en habit de soirée, s'apprêtait à entrer en scène, et nous parlions

comme des acteurs dans la coulisse, en attendant les trois coups. Je fus touché de sa
bienveillance et surpris de sa modestie. Il
m'exprima ses idées littéraires et me dit
qu'un des romanciers contemporains qu'il
admirait le plus, c'était Barbey d'Aurevilly.
J'avais rencontré souvent d'Aurevilly chez
Zacharie Astruc, j'avais lu ses *Diaboliques* et
j'étais moi-même un de ses fervents.

L'admiration de Sarcey n'a pas été plato-
nique, car, avec une grande générosité d'esprit et de cœur, il a rendu une seconde
jeunesse aux œuvres de ce vieux dandy, drapé
dans les plis de sa redingote romantique
comme un soldat blessé dans son drapeau.

EMILE ZOLA

ÉMILE ZOLA

I

Il y a des hommes qui sont supérieurs à leurs œuvres ; d'autres qui, par un coup de fortune, comme Flaubert, ont produit un livre considérable, et se sont reposés ensuite dans leur impuissance, surpris eux-mêmes d'avoir parlé si haut.

Les œuvres de M. Emile Zola, autour desquelles la critique contemporaine fait grand bruit, ne sont pas à la hauteur de son talent, et nous n'en parlerions point si elles ne soulevaient incidemment une foule de problèmes intéressants. Ce sont des sujets d'étude, curieux par leurs défauts mêmes, comme ces

malades qu'on livre aux carabins, sans espoir
de guérison, mais qui, en révélant le secret
de leurs plaies, servent à sauvegarder la
santé... des autres.

Certes, M. Zola a une rare puissance naturelle ; c'est une des forces de notre temps.
Mais il paraît qu'aujourd'hui les athlètes, au
lieu de terrasser les monstres, — comme autrefois Hercule et Thésée, — les apprivoisent
et les font manger dans leur main. Nous ne demandons pas à M. Zola d'être le collaborateur
du *Journal de la Jeunesse* ou de mettre son
nom, dans la Bibliothèque rose, à côté de
celui de la comtesse de Ségur. Mais ce que
nous lui reprochons, c'est d'être systématiquement le peintre du vice et de le vulgari-
ser sans le flétrir.

Cette objection n'a pas, d'ailleurs, le mérite
de la nouveauté, et M. Zola y a déjà répondu. Le romancier, dit-il, n'est pas un moraliste : il présente simplement les hommes et
les choses tels qu'il les voit ; c'est au lecteur
d'en tirer la conclusion. Nous examinerons
tout à l'heure s'il est vrai qu'une œuvre d'art

ne doive être qu'une photographie de la réalité. Mais en supposant même que l'idéal de M. Zola soit de faire « ressemblant », pourquoi enferme-t-il sa vision dans les limites du mal ? Ne montrer que l'envers d'une étoffe, ce serait en donner une fausse idée.

Il y a des philanthropes qui se complaisent dans les basses fosses de la société, mais c'est parce qu'ils y trouvent une âme à sauver ou une misère à soulager. Quant à M. Zola, il remue d'une main savante le fumier du vice, sans y verser un désinfectant.

Nous tenions à élucider tout d'abord cette question morale pour examiner ensuite, plus librement, les théories littéraires du naturalisme. Il faut qu'on sache bien, d'ailleurs, que M. Zola n'est de l'école ni du marquis de Sade, ni de Crébillon fils. L'expression de « littérature putride », appliquée à ses premiers ouvrages par l'auteur anonyme des *Lettres de Ferragus*, nous paraît un peu dure dans le fond et surtout dans la forme. Mais M. Zola, n'étant pas sciemment et franchement immoral, n'en est que plus dangereux.

On est presque séduit par ses airs d'apôtre ;
je ne dis pas de bon apôtre. Son talent est
tellement coté — et à si juste titre — qu'il fait
passer le reste. On lit Zola comme on lit Corneille ; c'est du classique, c'est presque de l'a-
cadémique. Et les femmes elles-mêmes font de
la *Curée* ou de *Germinal* leur livre de chevet !

Or, cette vogue est dissolvante et pleine de
menaces ; elle entraîne beaucoup de jeunes
talents, qui font aujourd'hui du Zola, comme
il y a trente ans on faisait du Lamartine. Si
un critique sage signale le danger, on s'écrie :
« C'est une vieille perruque. » Il est donc
temps que la jeunesse elle-même proteste,
non seulement au nom du Bien, mais au nom
du Beau.

Je conviens que, depuis deux siècles, on
avait abusé des mièvreries et des sentimen-
talités. M. Zola n'est pas mièvre, il faut lui
rendre cette justice ! Trop longtemps les romanciers n'ont été que des virtuoses, exécu-
tant des variations sur un thème unique :
l'amour. Un homme et une femme s'aimaient
passionnément ; mais, par je ne sais quelle

circonstance, ils ne pouvaient être l'un à
l'autre : tantôt c'était la noblesse, tantôt l'argent, tantôt une rivalité de famille, parfois
même un mari qui avait le mauvais goût de
faire valoir ses droits. Alors les amants malheureux poussaient des soupirs ; ils confiaient
leur désespoir aux arbres, aux fleurs, aux fon-
taines, aux oiseaux, à la brise ; rarement ils
succombaient à leur passion coupable, et le
roman se dénouait, soit par un mariage,
comme une comédie, soit par un suicide,
comme une banqueroute. Le moule étant usé,
il fallut changer ça.

Il appartenait à notre siècle d'inventer la
philosophie du roman, aussi bien que la philosophie de l'histoire.

II

Les anciens romanciers, plus soucieux de
la physionomie générale exprimée par les
grandes lignes, que d'une copie rigoureuse-
ment exacte de la réalité, négligeaient le

détail au profit de l'ensemble. La description
leur semblait superflue ; ils désignaient le
caractère d'un mot, la figure d'un trait, et
réservaient pour le récit proprement dit toutes
leurs couleurs. Mais quand ils eurent épuisé le
cœur humain, quand ils eurent fait vibrer toutes
les grandes passions, on essaya de trouver du
nouveau, de l'étrange, et la science vint, fort
à propos, au secours de l'imagination. Les
passions furent expliquées ; on en fit la genèse.
Pour Stendhal et pour Balzac, le tempérament
devint une source d'études où l'on voulait
trouver l'explication de la vie morale ; le corps
réclama ses droits ; la responsabilité fut
restreinte par l'éducation, par la physiologie, par l'esthétique d'un être. Sa laideur
ou sa beauté, le génie de sa race, sa santé ou
sa faiblesse physique furent autant d'associés
qui se disputaient l'empire de l'âme. Les anciens faisaient grand, on fit petit ; ils faisaient
simple, on fit complexe. La vérité relative y
gagnait : vérité scientifique, vérité juridique ;
mais l'analyse de la passion et ses résultats
moraux y perdaient. On négligeait les effets

pour les causes. S'il s'était agi de savoir, dans un procès criminel, quelle part de culpabilité avait un individu, cette nouvelle manière eût été un progrès, une méthode perfectionnée d'investigation. Mais s'agissait-il de peindre l'amour en lui-même, l'ambition en elle-même : l'intérêt était diminué, parce qu'aucune unité ne projetait sa lumière sur les événements du drame. Le roman, comme le théâtre, a cessé d'être une *crise* ; il est une genèse.

Mais laissons parler Balzac lui-même. Il nous dira quels sont ses principes, quel est le *concept* qui relie les actes divers de sa « Comédie humaine » :

« Cette idée vint d'une comparaison entre l'humanité et l'animalité... Il n'y a qu'un seul animal. L'animal est un principe qui prend sa forme extérieure, ou, pour parler plus exactement, les différences de sa forme, dans les milieux où il est appelé à se développer. Les espèces zoologiques résultent de ces différences... Sous ce rapport, la société ressemble à la nature. Il a existé, il existera de tout

24

temps des espèces sociales comme il y a des espèces zoologiques...

« L'œuvre à faire devait avoir une triple forme : les hommes, les femmes et les choses, c'est-à-dire les personnes et la représentation matérielle qu'elles donnent de leur pensée *. »

Ainsi, Balzac voulut, par une patiente et universelle analyse, arriver à la grande synthèse de la vie. Mais ce n'est pas le *moi* inné qu'il envisage dans son intégrité psychologique ; c'est l'évolution de l'homme à travers les choses, c'est le *moi* objectif, sorte de miroir où viennent se fixer toutes les impressions extérieures.

On comprend quelle place la sensation doit prendre dans une telle littérature. Mais, du moins, Balzac croyait encore à cette entité qui s'appelle l'âme, à l'existence d'un monde moral se révélant à nous par les sentiments et par les idées. Flaubert, les frères Goncourt et surtout Emile Zola sont allés beaucoup plus

* Avant-propos, *Scènes de la Vie privée.*

loin, ce qui ne veut pas dire qu'ils soient montés plus haut.

Un ouvrage qui contient en substance toute la philosophie de M. Zola, c'est *Thérèse Raquin* : l'éternelle histoire de Clytemnestre s'associant avec son amant Egisthe pour tuer son mari Agamemnon. M. Zola sera bien surpris, sans doute, de nous voir exhumer, à propos d'une de ses œuvres, des noms enfouis dans la légende depuis trente siècles. Mais nous voulons montrer par là que le sujet n'est pas nouveau, et indiquer la manière dont il a voulu le rajeunir.

Les passions, selon lui, ont leur source dans des maladies organiques ; ce sont des fatalités originelles, ou des accidents physiques qui surviennent dans une existence pour en déranger le cours. Ne croyez pas qu'il agitera en passant le grave problème de la responsabilité, car M. Zola est un artiste qui peint et non un philosophe qui raisonne.

Thérèse Raquin, ayant flairé l'adultère, s'y abandonne par tempérament comme un malade qui court à la pharmacie. Mais le mari

est un obstacle : on le supprime par l'assassinat. Ce crime n'a donc aucun caractère psychologique ; c'est le résultat matériel, et
presque fatal, de la nymphomanie. Shakespeare, qui croyait encore aux causes morales,
nous montre Lady Macbeth affolée par le
remords après l'assassinat du roi Duncan.
Mais Thérèse Raquin ne connaît pas ces sub-
tilités. Sans aucune notion du bien et du mal,
elle cède, non pas au remords, mais à la peur :
nouveau trouble physique qui dérange à
jamais l'équilibre de sa vie. Un second mariage l'a unie à son complice, et les deux
époux, obsédés par le souvenir ou plutôt par
« l'image » de leur crime, arrivent à se détester,
à se craindre, à se trahir. Certes, toute la
partie physiologique de l'œuvre est admira-
blement traitée ; la chair y palpite avec une
rare intensité de vie ; la névrose y est étu-
diée avec la froide impassibilité d'un prati-
cien.

Mais n'y a-t-il donc, dans l'amour et dans
les autres sentiments de l'âme, que des
muscles, du sang et des nerfs ? M. Zola a

vengé la matière, trop longtemps méconnue,
il a soufflé sur les purs esprits de la fiction ;
mais en niant complétement la vie psychique
et ses manifestations supérieures, il n'a réussi
à faire de ses héros que des machines mons-
trueuses où rien de divin ne s'incarne, des
produits aveugles de la nature que le Hasard
seul a fécondés. Eh bien ! n'en déplaise aux
naturalistes : si bas que soit tombé un être
humain, il sentira toujours au-dedans de lui
quelque chose qui n'est pas lui : c'est l'empreinte de ce que Dieu y avait mis.

III

Le roman est devenu, de nos jours, la forme
littéraire la plus répandue. Mais notre siècle
n'est plus aux contes de fée. Il y a aujour-
d'hui, comme autrefois, des psychologues,
des savants, des philosophes ; seulement, ils
se glissent pour la plupart dans la peau du
romancier. Le roman a donc cent formes di-

verses. Il berce les enfants, il fait rêver les
femmes, il redit l'écho des grandes batailles.
Géographe, il nous révèle le nouveau monde;
astronome, il peuple de ses fictions les soli-
tudes du ciel; archéologue, il nous initie aux
monuments du passé; philanthrope, il plaide
la cause des misérables, exalte la liberté et
renverse les trônes. Aussi les critiques de
l'avenir ne pourront-ils pas donner au roman
des règles comme nous en attribuons à l'épopée ou à la tragédie. On sourit aujourd'hui
en lisant les définitions étroites de la rhéto-
rique; et l'on commence à revenir de ces
querelles d'école qui ont si longtemps stérilisé
l'imagination et torturé la pensée. On ne demande plus à un romancier : quelle est votre
enseigne? on lui demande : quel est votre
objet? Chacun a sa spécialité, de même que
chaque boutiquier a son commerce.

La spécialité de M. Zola, c'est la physiologie. Par tempérament, il aime, non pas le laid,
mais le morbide, et l'on pourrait l'appeler,
avec raison, un romancier d'hôpital. Or, son
œuvre n'est pas une clinique, puisqu'il y

manque l'enseignement, l'induction du mal
au bien, de la morbidité à l'hygiène et à la
thérapeutique. On pourrait définir M. Zola :
un anatomiste qui ne sait pas la médecine et
qui découvre les plaies sans les guérir.

Sa manière littéraire découle naturellement
de ce point de vue étroit et exclusif. Voulant
peindre, sans passion, sans philosophie, ce
qu'il croit être la réalité, et qui n'en est véri-
tablement qu'une des faces nombreuses, il a
appliqué aux lettres les procédés de l'art
plastique. Ne s'écriait-il pas, en passant devant les Halles et en rêvant à son ouvrage, le
Ventre de Paris : « Je veux faire une immense
nature morte. » Voilà pour la peinture des
choses. Quant à ses personnages, ce ne sont
pas même des études de nu, ce sont des
études « d'écorché » : quelque chose comme
les procédés du docteur Auzoux appliqués à
la littérature.

IV

M. Emile Zola croit à l'hérédité physiologique, entraînant selon lui ce que nous appel-
lerions l'hérédité morale. C'est de cette idée
que sont nés les *Rougon-Macquart*. On sait
qu'après les *Contes à Ninon*, *Thérèse Raquin*
et *Madeleine Férat*, M. Zola a entrepris d'écrire
une série d'œuvres dont les personnages ap-
partinssent pour la plupart à une même
famille. Il a même dressé l'arbre généalo-
gique des Rougon-Macquart dans *Une Page
d'amour*. Qu'il étudie la finance dans la
Curée, les halles dans le *Ventre de Paris*, le
peuple des faubourgs dans l'*Assommoir*, les
filles dans *Nana*, la bourgeoisie parisienne
dans *Pot-Bouille*, les grands magasins dans
Au bonheur des dames, les mineurs dans *Germinal*, les rapins dans l'*Œuvre*, c'est toujours l'histoire « naturelle et sociale » des
Rougon, qui se poursuit dans des milieux différents, avec des personnages reliés ensemble

par les fatalités de la race. Aussi l'affabula-
tion du roman n'est-elle rien pour lui. Pas de
drame. Tout un monde de sensations, d'hé-
rédités, de choses extérieures. C'est comme un
prisme qui décompose l'intérêt dramatique et
le répand sur une foule de sujets *.

« Pour trouver un roman dans une vie humaine, disait Flaubert, il faudrait la parcourir jour par jour, heure par heure, depuis le
berceau jusqu'à la tombe. » C'est pour cette
raison que M. Zola et ses émules ne veulent
plus entendre parler des trois fameuses unités.
Qu'est-ce que le drame, selon eux ? C'est une
abstraction. Ils raconteront donc la vie de
leurs personnages, ils nous initieront aux
moindres détails, parce qu'ils veulent remonter du fait à la cause ; de là, l'importance
que l'atavisme et la théorie des milieux ont
prise dans la littérature comme dans la morale.

---

* Nous ne parlons pas des pièces qui ont été tirées des
romans de M. Zola. Malgré leur attrait de curiosité, ou à
cause de cela peut-être, ce ne sont, à notre avis, que des
entreprises théâtrales.

Mais, en revendiquant les droits de la nature, il nous semble que l'on viole les droits
de l'art. Tout n'est pas intéressant dans une
vie humaine. Combien de jours sans idées et
sans passions ! combien de nuits sans amour
et sans rêves !

Il est des actions tellement secondaires
qu'elles semblent être en dehors de l'existence
et qu'elles n'ont aucune influence sur les destinées de l'individu. Quand elles ne résultent
pas de son caractère, ou qu'elles ne concou-
rent pas à l'*idée* générale, à la moralité de sa
vie psychique, on peut dire qu'elles ne servent de rien et qu'elles sont comme des embus
dans un tableau. A quoi bon alors les mettre
en lumière ? Si une œuvre littéraire, poème
ou roman, n'était qu'une photographie de la
réalité, on comprendrait qu'elle en rendît
toutes les péripéties ; mais c'est au poète, à
l'écrivain, à dégager dans le vrai ce qui appartient à l'art, c'est-à-dire ce qui est la philosophie de l'œuvre.

Un jeune rhétoricien, émerveillé par le succès du *Maitre de Forges*, demanda un jour à

M. Georges Ohnet comment on devait s'y prendre pour faire un bon roman.

— Ce n'est pas difficile, répondit malicieusement l'auteur. Il faut un commencement, un milieu et une fin.

Le conseil était bon. Il y a tant de romans qui commencent toujours et qui ne finissent jamais !

V

M. Emile Zola, qui est un artiste profond, méconnaît volontairement les exigences de l'art, qu'il appelle avec dédain une convention. Selon lui, l'écrivain n'a pas le droit de *composer* une œuvre, de la voir sous un certain jour, à une certaine heure, en laissant comme Rembrandt quelque chose dans l'ombre. Et pourtant n'a-t-il pas consacré lui-même le droit, pour l'artiste, d'interpréter ses sujets d'étude, quand il a écrit naguère, à la fin d'un article sur le Salon : « Je ne crois pas au vrai unique-

ment pour et par le vrai. Je crois à un tempérament qui, dans notre école de peinture,
mettra debout le monde contemporain en
lui soufflant la vie de son haleine créa-
trice. »

Nous aurions donc le droit de reconnaître
dans l'œuvre de M. Zola l'influence de son
« tempérament » et de conclure qu'il y a de
la virtuosité dans son naturalisme. Mais peu
importe le plus ou moins d'exactitude de ses
tableaux. Ce que nous avons voulu mettre en
lumière, c'est l'idée dominante de l'écrivain
qui, contempteur de l'art, n'est en réalité
qu'un artiste épris de la matière, mais la con-
templant systématiquement sous un point de
vue spécial : le Laid. Aussi affirme-t-il que
la morale et le goût n'ont rien à voir dans
l'espèce. Qui sait si ce système est bien inné
chez M. Zola? Je ne veux pas y voir une
simple question d'argent ; c'est plutôt selon
moi le dépit d'un illusionnaire qui, n'ayant
pas trouvé le monde tel qu'il l'avait rêvé dans
le frais épanouissement de son adolescence,
prête aux choses une couleur de désenchan-

tement et de regret *. Ce prétendu naturaliste est un misanthrope, parce qu'il en veut au monde qui l'a déçu, et qu'il se venge en le portraiturant, d'une main de maître, avec des couleurs à quatre sous.

Je me figure M. Emile Zola, arrivant de sa Provence avec la poésie du Midi dans le cœur, rêvant d'écrire des œuvres d'extase et d'infinitude, hanté par les rêves du romantisme qui n'étaient plus pour le monde blasé du boulevard que des imaginations démodées; poursuivant partout, sans les trouver, la gloire, la sympathie et même le pain ; poussé par la misère dans les quartiers louches, cherchant des yeux le ciel et ne voyant que les toits avec leur écrasement de ruines, les loques pendues aux fenêtres, les cours étroites d'où montent les fades odeurs de la malpropreté et du vice ; n'entendant, lui félibre, que

---

* Les *Contes à Ninon*, publiés en 1864. sont un chef-d'œuvre de charme, d'imagination exquise, de délicate fantaisie. *Simplice*, notamment, est une fraiche idylle, et le *Sang* une puissante vision poétique.

Mais il faut que l'œuvre fasse vivre le poète. Sinon le poète trahit la Muse. A qui la faute?

des chansons de guinguette et de café-con-
cert, apprenant alors à connaître son temps
pour le mieux mépriser, se vengeant de la
nature qui lui refusait ses caresses et ses par-
fums, oubliant la poésie de la mer et la poésie du ciel ; puis, écrivant l'épopée de ce monde
parisien, peuple, bourgeois, financiers, ministres, petits artistes et petits employés ;
scrutant les plaies de cette société décadente,
sténographiant le langage cru de la man-
sarde, de l'atelier, de la coulisse, du cabaret
ou du mauvais lieu. Et quand le félibre,
écœuré lui-même par cette grossière sympho-
nie, hésite à écrire quelque mot brutal, la
rage des poètes ratés et l'apaisement radieux
des gros succès lui mettent aux lèvres ce mot,
par lequel *Nana*, avec ses jurons, se flattait
de plaire aux hommes :

— « Les hommes, ce sont des salauds, ils
aiment ça ! »

TABLE

—

ÉVREUX, IMPRIMERIE DE CHARLES HÉRISSEY

DU MÊME AUTEUR

—

Sous presse :

LA PREMIÈRE PASSION
Roman.

En préparation :

FIGURES PARISIENNES
(2e série.)

—

HISTOIRE D'UNE AME
Essai de Psychologie expérimentale.

ÉVREUX IMPRIMERIE DE CHARLES HÉRISSEY

www.ingramcontent.com/pod-product-compliance
Lightning Source LLC
Chambersburg PA
CBHW051812020726
47502CB00005B/1426